"一带一路"大型系列丛书

总策划　戴佩丽
主　编　孙春光

郭文涟 ◎ 著

新疆是个好地方

唐布拉的雨

中央民族大学出版社
China Minzu University Press

图书在版编目（CIP）数据

唐布拉的雨 / 郭文涟著 . —北京：中央民族大学出版社，2021.4（2022.9 重印）

（"一带一路"大型系列丛书 . 新疆是个好地方 . 第三辑）

ISBN 978-7-5660-1895-3

Ⅰ.①唐… Ⅱ.①郭… Ⅲ.①散文集—中国—当代 Ⅳ.①I267

中国版本图书馆 CIP 数据核字（2021）第 025598 号

唐布拉的雨

著　　者	郭文涟
责任编辑	戴佩丽
责任校对	赵　静
封面设计	舒刚卫
出版发行	中央民族大学出版社

　　　　　北京市海淀区中关村南大街 27 号　　邮编：100081

　　　　　电话：（010）68472815（发行部）　　传真：（010）68933757（发行部）

　　　　　　　　（010）68932218（总编室）　　　　　（010）68932447（办公室）

经 销 者	全国各地新华书店
印 刷 厂	北京鑫宇图源印刷科技有限公司
开　　本	787×1092　1/16　印张：14.25
字　　数	186 千字
版　　次	2021 年 4 月第 1 版　2022 年 9 月第 2 次印刷
书　　号	ISBN 978-7-5660-1895-3
定　　价	56.00 元

序：故乡的歌者

阿拉提·阿斯木

郭文涟是一个有成就的散文家，是我的老朋友，他是一个执着的读书人，祖辈的文化熏染和他的学识、阅历在岁月的抚慰下联手的时候，他的血脉感悟变成了一篇篇美文。静夜里拜读来自故乡的这些文字，他灵魂的画面展现在我眼前，和我的心灵悄悄对话。我们不仅仅是互相欣赏，而是要为故乡歌唱，跪拜故乡的养育之恩，为我们永恒的大地母亲交一份答卷。

郭文涟的散文写作是一种自觉的文学实践，因为他抒发的不仅仅是自我的情怀，更是对时代的认识、人的关怀，是默默的感恩，这是他基本的出发点和永恒的信念。当那些浓浓的情感变成优美的文章的时候，她们变成了文化的朋友，在众多的黎明和神秘的黄昏，在充满激情的血脉里舞动。很多时候，作家是看不到这种幸福的，但是我们可以感受到，这有可能是我们的回报，如果那个叫"幸福"的哥们儿存在的话。

这可能是我们共同的认识：伊犁河谷的美是写不完的。

雨，在郭文涟的笔下，是衔接人和时间的神绳，是滋润大地、给养人类的神仙。伟大而又神秘的雨，从人类睁开眼睛的时候起，就是我们共同的朋友。读完《夏夜听雨》一文，我的感受是，夜是世界的朋友，也是我们的私密的唤醒者。"雨……绵绵地，将我渐渐拥围起来，娓娓动情地向

我叙说着它内心存隐已久的话语。"在《唐布拉的雨》一文里，他写道："雨夜里有一种氛围，一种可以与天、与地、与远在他乡的朋友和亲人对话、交流的氛围。"在《那拉提的那个细雨黄昏》里，他写道："而风雨过后，那拉提又拥有了一种超凡脱俗的气质：宁静、纯洁、轻盈、缥缈，如一首清晰而高雅的诗。"这些温馨的文字引领我们回忆童年的诗情画意，是我们共同的财富。作者对雨的解读和喜爱是超越时空的，颇能引起读者的共鸣。我有过在一家煤矿挂职锻炼的机会，有时我们在雨天里和矿工们聚在土屋里喝酒，没有电灯。灰暗的烛光下，朦胧的手抓肉和亲切的酒杯，联手倒叙藏在时间里的心酸和喜悦。窗外淅沥的苦雨，似乎要把上天的泪水倾尽，埋葬颓废和依赖，在没有苦难的天国，盘点我们的彩虹。当人在一个特定的环境里和豪迈的雨交心的时候，雨水春潮般的味道和它微妙的启示，已经是我们灵魂的知己了，我们的心会变成逃出牢笼的雄鹰，在私密的灵魂版图里翱翔。雨，往往在这样的氛围里，唤醒了我们的良知。我们清晰地发现，我们的精神天国的人格网络里的利益和光荣，也是我们自在的护身符。是的，雨是我们永远的朋友。

　　《雪落昭苏》也是我喜爱的一篇，我不仅仅喜欢昭苏的地理和人文，更喜欢雪在这个福地飘落的童话。冬天的雪和夏日里下下停停的大雨，是昭苏存留人心的画面，是血脉里抹不掉的记忆，是文学艺术的后花园，也是"昭苏的生命之源"。散文是个亲切的文体，当散文在语言和思想的摇篮里成熟、起飞，她的光芒开始在一切绚烂的空间安慰人生，这是散文的优长。伊犁的雪是热烈的，该下的时候会给你下个够，把整个大地压在她的洁白里，与一切温暖的灵魂对话。在我童年的记忆中，伊犁的冬天是雪的世界，好像全新疆的雪都跪拜伊犁，大街小巷都是高高的雪堆，屋顶上的雪扫下来，一冬下来能有屋顶那么高。那个时候太阳好像没有力量，雪到三月才能融化。我们的礼物是棉袄、棉裤、棉鞋、棉手套、毡筒。雪花的世界，曾经是我们的童话和神曲。现在没有那么辽阔、放肆、大气、骄傲的雪了。明白了那个时候的雪，我们才能看清今天的风和雨、百花和千草的绚烂和嘴脸。那些隐藏的事物，最终会成为我们共同的朋友。

父亲的养育之恩，是我们一生的债务，这是要还的，这是一代代男人的金锁链。你躲起来，或者你跑了，但你的灵魂是跑不掉的，所以，男人从来都不是轻松的。《父亲心曲》写得极好，这是在动脉和静脉之间完成的作品。我们该懂父亲的时候，我们的智慧不够；我们懂了父亲的时候，亲人已经不在了。这是天下众多男人的悲剧，只有时间才是最后的胜者。作者深情的怀念和盘点父爱岁月里的一次次感动，也是本书值得我们细读的亮点。作者写道："翻出那个年月的照片，四五十岁的父亲，几乎没有一条裤子不带补丁。"作为人子，从那个年代走过来的孩子，都有相同的记忆，心中都有这种难忘的画像。父母为了孩子们的成长，牺牲的不仅是衣着，还有健康和生命。我们没有理由不继承他们的精神和遗愿，没有理由过不好我们的日子，也没有理由不为后代创造更好的生存条件。细读全篇，一个忠诚、勤奋、爱家、热爱生活，带着信念走完了一生的父亲的形象，立在了我的眼前。我们都是父母所生，在每个人的成长记忆里，都有抹不掉的挚情挚爱、永远也报答不完的恩情，因为我们属于父亲。从那个年代走过来的父亲们，用鲜血为我们创建了今天的富足和盛世，从而每一个父亲，在所有赤子的灵魂里，都是一生享用不完的"一部伟大而深刻的教科书"。

《白杨情结与伊犁文化》又是以一个独特的视角来展示。白杨树是伊犁的象征吗？细读全文，我这样自问。白杨树是一种给人自信和豪迈的树种，你即使在迷茫和颓废的紊乱中，也能找到回家的路，它是这片沃土的地标。敬业、热情、自强、宽厚、温良、豪放、洒脱、善解人意，善于交流和沟通，也是伊犁人性格中值得认识和研究的一个方面。其实，伊犁是需要认真精读的地理经典，地下、地上的丰富资源，遍地山水的诗情画意，田园牧歌似的生活方式，多元文化相互浇灌的历史足迹，都是伊犁的骄傲，每个伊犁人都为伊犁的富饶奉献了自己的智慧。多元文化逐渐形成以后，每一个民族都发现了另一个民族的绚烂和利己、利他的生活态度，这是欣赏和拥抱的基础，也是乐于来伊犁观光、考察的各路豪杰、学者、文人，都能找到他们潜意识里需要的东西的最根本的原因，这种东西常常化为"胜读十年书"的感悟。

郭文涟的写作和思维逻辑体现的应该是伊犁的思维方式，从地理涵养来讲，他的语言风格有高山、草原博大的气质作基础，有绚美、令人陶醉的民歌特点。那些鲜活的美句优美地抵达我们灵魂深处的河床，让我们敞开胸怀看朋友、看生活、看短暂而永恒的人世。故乡的美和哲学的帮助，对自己的认识和生活的感恩，也是郭文涟的一个资本。

郭文涟是一个深情歌唱故乡的歌者，他的唱词对人的存在和悲欢离合，首先表现为安慰和赞美，"活下去"的人生是美丽的，但也是不容易的，而后是禁不住的自问，那些凝固的脚印，真的是我们自己的吗？我们回报了吗？在甜蜜的生活里，有许多隐藏的问号，就这样严酷地考问我们。

最后，祝愿我坚持学习、坚持思考、坚持写作的朋友郭文涟，能够创作出更优美的作品。

2018年4月于乌鲁木齐

（阿拉提·阿斯木：新疆维吾尔自治区文联主席、作协主席，著名的双语作家）

自序：为我们永恒的大地母亲交一份答卷

—— 维吾尔族兄弟阿拉提·阿斯木读懂了
我灵魂深处的东西

忙碌了一天，夜里归来打开著名作家、维吾尔族兄弟阿拉提·阿斯木为我的新书《唐布拉的雨》所作的序《故乡的歌者》，还没有读完，我已泪流满面……

当我读到"我们不仅仅是互相欣赏，而是要为故乡歌唱，跪拜故乡的养育之恩，为我们永恒的大地母亲交一份答卷"时，我的心灵刹那间受到了震撼，仿佛是在月夜里又一次听到维吾尔民歌《牡丹汗》那悠扬、凄美、婉转的歌声，那歌声飞进了我灵魂的窗口，仿佛天山皑皑雪峰上的一股风吹过来，我眼里即刻涌出泪水：啊，我遥远的维吾尔族兄弟啊，这么些年来，你是第一个读懂我的人，我们写作为了什么？用那些讲了几十年的大道理来回答这个问题，人们已经麻木了，已经没有多少人相信了，包括相信文学。而只有你，用维吾尔人那特有的理解方式，深入人的灵魂回答了我们心灵的一种共鸣：我们写作"是要为故乡歌唱，跪拜故乡的养育之恩，为我们永恒的大地母亲交一份答卷"。这是多么富有深情的回答啊！只有深深热爱这片土地，懂得这片土地上那些勤劳、善良的各民族兄弟的人，才能这样真切而又诗一般地回答出这个问题。

跪拜大地，为故乡歌唱。是的，这是我写作的初衷，也是我写作的最终目的。阿拉提·阿斯木没有对我的作品作一般性的概述，而是巧妙地从我的几篇写"雨"的散文入手，写出我"对雨的解读和喜爱是超越时空的"。是的，我自小就对雨非常喜爱，也不知为什么，说不清楚，就朦朦胧胧地写下去，仿佛我的思绪中对人世间不解的情感都融化在那无边无际的雨雾中。正如他所说："窗外淅沥的苦雨，似乎要把上天的泪水倾尽，埋葬颓废和依赖，在没有苦难的天国，盘点我们的彩虹。当人在一个特定的环境里和豪迈的雨交心的时候，雨水春潮般的味道和它微妙的启示，已经是我们灵魂的知己了，我们的心会变成逃出牢笼的雄鹰，在私密的灵魂版图里翱翔。雨，往往在这样的氛围里，唤醒了我们的良知。我们清晰地发现，我们的精神天国的人格网络里的利益和光荣，也是我们自在的护身符。是的，雨是我们永远的朋友。"

跪拜大地，歌唱故乡。故乡是雪的王国，仿佛世界上的雪都堆积在伊犁的冬天，因为什么？因为雪是大地与天堂交流的情语。我钟爱雪，一下雪，我的思绪就如雪一般纷纷扬扬、铺天盖地，灵魂深处不知哪儿来那么多美妙而灵动的词语，逼着我拿起笔，行云流水般地将那如雪的思绪抒写出来。仿佛只有这样，我才能表达出我对这片天空、这片土地的喜爱之情。我有时候想，倘若我离开了这片土地，看不到那纷纷扬扬、洁白如絮、精灵一般的雪花，我的心一定变成干涸了的土地，龟裂而毫无生命的气息。

跪拜大地，歌唱故乡。我深深地知道，为着故乡这一片蓝天和土地，我的父亲、阿拉提·阿斯木的父亲，以及所有正幸福地生活在这片土地上的人们的父亲，许许多多已经远逝。"我们该懂父亲的时候，我们的智慧不够；我们懂了父亲的时候，亲人已经不在了。这是天下众多男人的悲剧，只有时间才是最后的胜者。"因而，我们只有跪拜大地，歌唱故乡。歌唱故乡就是歌唱那些为着故乡美好的天而失去生命的父亲和母亲，就是歌唱他们生前为这片土地所倾洒的汗水和付出的心血，就是歌唱他们为哺育我们成长所经历的那些数不完的牵挂、惦念、操心……

当读到这里的时候，我的泪水又一次夺眶而出，满面横流。啊，遥远的朋友啊，我知道，你是深深懂得失去父爱的痛苦的。"父母为了孩子们的成长，牺牲的不仅是衣着，还有健康和生命。我们没有理由不继承他们的精神和遗愿，没有理由过不好我们的日子，也没有理由不为后代创造更好的生存条件。"这是使命，这是文化的传承，这也是责任。

跪拜大地，歌唱故乡，为的是"为我们永恒的大地母亲交一份答卷"。阿拉提·阿斯木以他那维吾尔人特有的富有深情的语言解答了我们写作的最终目的。我认为，只有这种写作，才是平常的，也是最为神圣而高尚的。

郭文涟

2018年4月19日夜草就于伊宁

目 录

"一带一路"大型系列丛书
——新疆是个好地方

秋日里的思绪

　　淅淅沥沥的一场秋雨，在我家窗外的那棵老榆树上滴滴答答地敲打了一夜之后，在渐渐透亮的晨光熹微中，慢慢地静寂了下来。打开窗子仰头看天，四周依然是乌云笼罩，只不过在疾速翻滚着向西涌去，东方的天际里微微有一点鱼肚白的景象。有风迎面吹来，潮润中夹着微微的寒意，我不禁打了一个寒噤，心中泛起一阵涟漪，如少女告别了已逝的青春而产生的落寞，如中年的男子虚度了半生步入老年时发出的慨叹。

　　秋天是成熟的季节，又是步入失落的季节。

　　我久伫窗前，若有所思，从书柜里拿出《宋文选》，翻到欧阳修的《秋声赋》一文朗读起来："欧阳子方夜读书，闻有声自西南来者，悚然而听之，曰：'异哉！'初淅沥以萧飒，忽奔腾而砰湃，如波涛夜惊，风雨骤至……"

　　身子渐渐有发冷的感觉，似乎又有风自西南吹来，先是窸窸窣窣，进而狂风大作，乌云翻滚，噼噼啪啪的冷雨骤然降至，身子不禁打起寒噤来，以为自己着了凉。等省悟过来，方知是欧翁笔墨之故。

　　感叹之余，我又翻出当代著名作家峻青的散文名作《秋色赋》读了起来。读着读着，我的眼前仿佛再现了令人心醉的绚丽多彩、不似春光胜似春光的灿烂之秋色，身子上下又渐渐暖和起来。我真惊讶于文学作品的魅力！

　　不知什么时候，天大亮起来。我踱出院落之门，向我多次徘徊过的校园的那片小树林走去。

雨后的天静静的，悄无声息。阴沉而低矮的乌云依然翻滚着向西大片大片地涌去，偶尔有几处蔚蓝色露出来，旋即又被乌云遮住，满院满地的落叶潮润润、湿滑滑的，踩上去咯吱咯吱地响。一片、两片，叶子悠然落下，飘逸而潇洒，但又有些落寞和无奈，每棵树的树枝上也只剩那么几片叶子，孤零零地悬挂着，摇来摆去，做着最后的挣扎。树叶也是有生命的啊！它们经过一个冬天的孕育，至春天发芽吐绿，至夏天叶茂成荫，在装点大地的同时，也渐渐在秋天变得金黄、干枯时，随着风吹雨打悄然离开树枝和树干，如一只只乳燕在冬的来临之前，张着双翅悠然地、自由自在地飞回它应去的地方，从而以另一种方式延续着自己的生命，新的生命则又在树枝、树干、树根内孕育而成。

我伸手接住一片飘至眼前的落叶，细细端详，发现即使在生命的最后，它的纹理仍然那么美：脉络细致，呈网状，叶面上泛着黄、褐、红、绿等颜色。显然它的生命还没有结束，虽然是无可奈何地飘然而落，但仍显示着它多姿多彩的生命情趣。

远处的山峦依然被云雾缠绕着，悠然而又苍茫，一群群大雁从苍茫的云雾处翩然飞来，排成"人"字形，在长空里洒落下阵阵动人的鸣叫声。它们定是耐不住秋的肃杀、冬的寒气了，成群结队地向遥远而温暖的南方飞去。"可怜数行雁，点点远空排"，诗人的诗句撩起我多思的心绪：娇美、温暖的南国啊，你真的是那么令人神往吗？

"忽如一夜春风来，千树万树梨花开。"我想，北方的秋天固然肃杀而冷漠，但北方的冬天一定可以锤炼人的刚强意志，并酿造着北方人浪漫、豪爽的性格。人的生命与树是一样的，短暂而无奈，不仅需要春天、夏天哺育蓬勃、旺盛的绿色生命，还需要在秋天的冷风、冷雨的吹打下七彩纷呈，在冬天的白雪皑皑中展示壮美、苍茫和辽远。

记忆中的河流

那条河流自巷子的深处蜿蜒而来，温温柔柔的。春、夏、秋三季，它始终水流丰沛，只要不下雨，它永远是那么清澈、透亮，河里的绿藻摇来摆去，间或有一条条小鱼儿在其间栖息、游弋。冬天，雪花纷纷，河流结冰，扫除一片片积雪，便俨然是一个天然冰场。

虽说那河流狭小而细长，却是我童年时期的乐园。

当冰雪消融，暖暖的春意渐渐来临的时候，我和小伙伴们便手执铁锹到巷子背阴潮湿、松软的水渠边挖蚯蚓，装入瓶罐里，撒一点土，而后到院外的河坝边寻一处地方坐着，将蚯蚓绑在钓鱼用的线绳上，掷入水中，手始终拿着用柳条做成的鱼竿，等待鱼咬饵。一会儿，线绳拉直了，鱼竿有下沉和"腾腾腾"的挣脱感，觉着那蚯蚓也被鱼吞入口中还没断开，于是即刻起竿扬线，一条、两条，甚至三四条食指大小的鱼儿被钓上来。那鱼儿学名叫"泥鳅"，因其嘴角有须，长相似狗，我们俗称它为"狗鱼儿"或"狗买买"。那狗鱼儿忒傻，你一次次钓它，它一次次上钩，仿佛永远不会长记性，我想抑或是它太贪吃之故吧！

钓鱼前，先是在河边挖一个小泥坑，用手往里掬点水，钓上来的鱼即被置入小泥坑中，那鱼儿欢快地跳腾几下便钻入泥水中作隐伏状。等一串串的鱼儿钓多了，坑儿装满了，太阳也升至中天的时候，便将鱼儿一条条串在细铁丝或一根细麻绳上，起身拍拍满屁股的土，回家向爸爸妈妈报喜去了。

但那时我们很少吃这鱼,因为它太小,吃时要用清油炸,而那时清油比较昂贵,定量供给,谁家会用清油炸这种鱼儿吃啊!因而所钓的鱼多半被用来喂养鸡鸭了。

到了夏天炎热的时节,我们一边在河里洗澡,一边用筛沙子的铁丝网制成的渔网来捞鱼。捞鱼的程序很简单,一个人在下游河道较狭窄处把渔网置入水里卡住那关口,其余的人则手执木棍从上游"扑通扑通"地敲打河水,把鱼儿往下游驱赶。下游执网者感觉差不多了,便将网一下子从水中捞起往岸上一摔,小伙伴们一拥而上,都去抢那活蹦乱跳的鱼儿,但大多是泥鳅,也有少量的拇指大小的白条。有一次,我们钻入沿公路修筑的桥洞里捞鱼,竟然捕捞到一条一斤多重的大白条,小伙伴们像庆祝一场胜仗一样欢呼、跳跃着,在大杂院里跑来跑去,把午睡的大人们都惊醒了出来看个究竟。

钓鱼、捞鱼困乏了,便脱去衣服下水游泳。那时候河水丰沛,跳入河里便如气球般在河里漂着。越是有桥墩的地方河水越是深沉。我的狗刨、双膀、蛙泳、侧泳等都是在那儿学会的。有时兴致高了,便作青蛙状,从桥上腾空跳起,一个猛子、一个猛子地往河里扎,游累了,便上岸和小伙伴一起躺卧在马路边沿的土地上,玩沙子、玩土,一会儿又跳入河中。那时节似乎整天都在河水里泡着。

是的,那时这条河里根本没有泥瓦、砖块,也没有什么玻璃碴子,更不用说塑料泡沫了,有的是青青绿绿的水草,有的是细细软软的石子和沙子。天气渐凉的时候,我们不能再在河里捕鱼、洗澡、游泳了,河水少了下来,清清亮亮地透着细沙缓缓地流动。于是我们便手执铁锹,立在水中,一锹一锹地捞挖沙子。挖出的沙子用筛网筛一遍,把它堆成体积状,等待赶毛驴车的小贩们来拉运,我们也好赚得几个零钱。记得有一次,我和哥哥挖沙赚了五元钱,高兴地光着脚丫往家里跑,跑至妈妈面前,激动得说不出话来,捏紧钱的手掌却已经摊开,妈妈知道怎么回事,自然十分欢喜。

岁月如梭，光阴似箭。当十多年后我返回这座城市的时候，这条河流已无往日的风采，河水不再清澈、透亮而丰沛。不知是我见的大河多了，还是这条河变小了，它其实并不能称得上一条大河。如今的它，细小且有些污浊，许多饭馆、食堂搭建在上面，那座木质的桥已被换成水泥桥，且桥洞越来越小。我没有再见有小孩在河边钓鱼、捕鱼，在河中洗澡、游泳，可能这河里早就没有鱼了吧。我想，随着城市建设的加快和人口密度的增多，这条不起眼的小河也终究会有再次清澈的那一天！

遗憾的是，我始终不知这条河叫什么名字，小时候只管随着大人们叫它"河坝"，无名无姓。后来我查阅了许多资料，问了许多老人，才知道这弯弯曲曲从小巷深处流下来的河的源头，是城市郊外的一片湿地，那里面有无数个泉眼往外冒着清澈的泉水形成河流，人们叫它"阿得奥西亚"。

或许居住在这个城市里的人也没有几个知道这条小河的名字是何意。我只知道，我的记忆里始终储存着那么一段美好的往事，这是我多年以来一直向往着的那么一种生活，那么一片天地，简单而有趣，纯洁而无瑕。

夏夜听雨

窗棂上的玻璃清脆地 "砰！砰！" 响了两下，随之是一阵 "哗啦啦" 的风吹树叶摇的声音，接着是一种异样的声音，仿佛自天际渐次徐徐而来，连绵不断，极轻极柔，有一种十分空灵的韵致。静听，又不是风的吹拂；仰目，只见窗棂上的玻璃已密密麻麻地布满了小水珠儿，一粒粒地粘连在一起往下滚落……

凝视久了，眼睛有点发酸，轻轻一揉，方见窗外已如泼墨般漆黑，声响也渐次清晰起来。一缕缕清新、醉人的凉气儿透过窗棂间的缝隙颤悠悠地渗进屋宇，浸得人心凉，索性举一只手电筒去照窗外的夜空，果然满眼是凄迷的雨意。那雨线斜斜的、密密的，如被风吹斜了的柳丝条儿，又似一个偌大的网，罩住了我的窗口、我家的院落，罩住了茫茫的夜空。我清晰地看到许多小雨珠儿就滴落在窗前我五年前种下的业已枝繁叶茂的果树的叶面上，荡来晃去，如乡愁、如眷恋之情，挥不走，拂不去。于是，我仿佛听到地底下树的根须在酣畅地吸吮着甘甜的雨水，雨水顺着根须潮水般地涌上树干和绿叶，接着便是 "咝咝咝" 的响声，我想，那定是树叶在疯长，苹果在猛长。于是，我仿佛听到郊外的原野上，一片一片的小草绿苗在摇摆着身子，欢快地笑着，牧人的栅圈里，羊儿在你挤我拥地叫着，渴望着黎明时分奔往水草丰茂的草原，我仿佛又听到伊犁河水响着清爽悦耳的涛声……

雨，歌吟一般的雨啊，就这样悄无声息地下着，绵绵的，将我渐渐拥围起来，娓娓动情地向我叙说着它内心存隐已久的话语。而我，也如同寻觅到久别重逢的挚友一般，用心静静地聆听着，品味着……

忽然，夜空里炸起一阵电闪雷鸣，轰隆轰隆的；接着，屋顶上响起滴滴答答的细碎而清脆的声响；片刻，哗啦哗啦的风吹树摇的声音一阵比一阵大，窗棂上的玻璃发出嗡嗡的震颤声，细密如珠的雨点撞击得玻璃"砰砰"直响。我的眼前仿佛有成千上万匹铁马在纵横驰骋，耳朵里满是沉甸甸的雨声。于是，我回忆起童年印在泥泞路上的瘦小的脚印、投注在风雨声中的少年时迷惘的眼神。三十多年的日月，父亲、母亲是怎样用那慈爱的双手扶持着自己瘦弱的儿子走过来的啊！哦，这雨声，像山间汩汩的泉水，像飞流直下的瀑布，像父亲、母亲不倦的教诲和叮咛，像未来和远方的召唤……

不知什么时候，群马奔驰的声响渐渐轻了、远了，雨渐渐地小了……

我轻轻地推开窗户，一股青草和绿叶儿散发出的淡淡的苦味儿，和着那沁人心脾的泥土芳香，一并扑鼻而来。我浑身为之一震，举目望去，远处深黛色的山峦上，隐隐呈现出一圈淡红色的光晕，在一圈一圈地扩大，变得鲜红……

哦，黎明，又一个黎明静悄悄地来临了，一轮鲜红的太阳飞向我的怀中！

榆树沟

　　晚饭过后，约两位同事出去散步。我们从皮里青煤矿石拱水泥桥逆皮里青河向上走百余米，便发现一个极妙的去处 —— 榆树沟。

　　我们一路走，一路议论这皮里青河发怒时带来的危害。那个说，左岸的那山刀削斧劈似的，定是河水长年累月冲击的结果；这个说，右岸这诸多的树木，早先定是河床，鹅卵石布满其间，只是筑了堤坝，河流改道了，这才长出葱茏、茂密的林木来。我说，脚下这堤坝，是水泥石块垒筑而成的，足有几公里长，这样大的工程，定是那个年月搞"大会战"的结果。于是我们朝脚下端详，果然不时在平滑的水泥板面上发现刻有许多文字，有中文，也有维吾尔文，多为×年×月××单位修建。掐指算一算，也有十八九年了，竟然还这样牢固而坚实。

　　越往前走，右岸的树木越茂密，多是榆树，其间夹杂着一些高大的白杨和矮小的桑树。有的高达百米，直插云天；有的如伞一般，把整个天空遮挡得严严密密；有的斜着身子，向着阳光疯长；有的干脆伸向大堤，向河面上长去，数里长的大堤被笼罩得阴阴凉凉。走至大堤的尽头，发现一棵奇形怪状的榆树，硬是将粗糙的身子横躺着，其身上又七股子八杈地长出"胳膊"和"腿"来，把天空戳得支离破碎。树虽老气横秋，却无死相。我们都不禁为自然界的鬼斧神工而惊叹不已，也庆幸发现了这样一个极妙的地方。

　　西斜的太阳渐渐露出它那醉汉一般的脸庞，通红通红的，蹒跚地走着。葱葱茏茏的林木中，归巢的鸟雀扑棱着羽翅，一会儿落入这株树的树梢，一会儿蹿入那绿叶丛中，或叽叽喳喳，或悠悠扬扬地啁啾着。

我们步入林中往回走，脚下的土地酥酥软软的，茵茵绿草如地毯一般，脚踩在上面，舒服极了，惬意极了。渐渐地，林木更加邃密、更加深沉、更加静谧，无边无际的黑色幕帘一般不知何时悄然地降临林间，像是罩了一层厚厚的云雾，黑漆漆的，空气中弥漫着的温暖的湿气也渐渐地浓郁起来，多是涩涩的青草味儿、鲜蘑菇味儿、各种野花味儿和蚯蚓翻土散发出来的土腥味儿。置身于这样甜润的氛围中，我身上每一处皮肤、每一根汗毛都苏醒过来，极酣畅、舒适地吸吮着林间的气息。我们都默默无语起来，只有林中的天使 —— 鸟雀，像是寻觅回到了它们的世界，开始更加欢快地鸣叫起来。还有蛙声、虫鸣声，强弱高低，远远近近，不知有几多声部，也不知弹奏、吟唱着什么，浑浑厚厚，圆圆润润，悠扬、畅达地在空空阔阔的林间遥相呼应着。静静地听，似乎还有一股溪水潺潺流动的声音，起初以为是自己的心脏在搏动，可它似从峰顶跌落，又向深谷流去，回响开来，渐渐地响亮，最终归于宁静 —— 哦，定是一汪河水。眼睛完全无用了，只好凭着感觉往前走，又担心会误入溪水中。正惶恐不安时，黑黝黝的暮霭深处，竟亮起一点昏黄的灯，萤火虫一般，一闪一闪，忽明忽暗，在夜色里飘着。走近了，才知是一户维吾尔族护林人家。主人邀请我们进屋饮茶，我们婉言谢绝了。这时，我们借助灯光，发现林中果然有一汪渠水，曲曲弯弯地泛着轻柔、悦耳的涛声，向密林深处一泻而去……

不知不觉，我们走出了茂密的树林，举目望去，一弯银黄色的月优哉游哉地悬挂于天狼星下，温情脉脉地望着从密林中走出来的我们。我们仍是默默无语，都不想说什么，都还在想着汹涌、咆哮的皮里青河水，想着那十里长堤，想着这郁郁葱葱的数百米宽、数公里长的榆树沟，想着鸟雀们悠悠扬扬的欢鸣声。那河流、长堤、树林、鸟雀，它们之间有什么必然的联系吗？我想，倒真要感谢那河、那堤坝、那树林、那小鸟给予我的这份赏心悦目了。城市虽好，但人们远离大自然本身，无疑就是一种失去。人，该诗意般地活着才是。同行的两位好友也有同感。他们是莫拉力，哈萨克族；肖开来提，维吾尔族。

荒村听雨

　　好小、好静、好绿的一个村子啊！依山傍水，满目葱绿，山是青的，水是清的，数十户人家，村前村后栽满了杨树、榆树、桑树、杏树，农家房舍都掩映在蓊郁、葱茏的绿树的浓荫中了。

　　吃过晚饭，欲出村外踏青，刚迈出门槛，却见风云突变，大片大片的铅云，沉沉的、厚厚的，你牵着我，我盖过你，在天空中翻滚着挤压过来，刹那间，满山、满河、满院都笼罩在云里雾里了。风，开始梳理着山坡上的绿草，树木东倒西歪地摇曳，伞一般地鼓胀着。一会儿，电闪雷鸣，满天、满地便有了噼噼啪啪的响声，如注的暴雨仿佛是苍穹哗哗的喧语，倾盆而下，酣畅淋漓。屋顶上似有千军万马急速奔驰的蹄声，清脆明快，声声悦耳。哦，久住在城市的楼宇中，已经很久没有听到这样亲切而爽快的雨声了。一时间，多少年在日渐嘈杂的城市中奔波、忙碌的浮躁和疲惫之感，以及那灰色的楼宇中永远没有季节之分、没有风景变换的办公室，和那一张张或是呆板，或是生动的脸，都渐渐地远远遁去，消失在这苍苍茫茫的云中、风中、雨声中了，而我的那颗久已干燥、沉闷的心，又变得湿润、鲜活、生动起来……

　　我想起了前几年那些满腹忧虑、满眼怅惘的被思念纠缠的日子。那时，我像一片凋零的树叶，飘落在异乡的土地上。记得那年十月，我在山东济宁太白故居偶遇两位从京城来的内心坦诚、志趣相投的朋友，我们几乎无所不谈。但是，谈论人生使我们感到疲惫，谈论追求我们都有深深的失意感，谈论物质我们更感到自己的寒碜和一贫如洗，谈论爱情则觉得各自像一个美丽的易碎的皂泡，况且我们都已不是拿着青春赌明天的年龄了。所以，只有当我们谈起山、谈起水、谈起泥土、谈起绿色的时候，我们的心灵才变得鲜活、愉悦起来。后来，我们相约一起去登泰山。当登至天街时，忽遇阴雨绵绵，如竹丝一般，凉凉的，如蒙蒙的水汽，飘浮着，弥漫着，无声无息，轻柔而温馨，感到自己仿佛置身于云里、雾里，简直分不清这雨是在下着，还是没有下，完全不是李健吾先生的《雨中登泰山》所描述的那般，但一会儿工夫，浑身上下都是湿润润的了。两位京城的朋友说：一会儿下山再看。下山时，果然随处可见流水潺潺，一道道瀑布似白带从那云里、雾里伸展出来，挂满了大小山川。啊，原来这满山、满树的浓云厚雾里，竟蕴藏着浓浓的汁水啊！这其中究竟喻示着何种人生哲理呢？

"哗……"房檐上的水槽里流下如注的水，倾泻在泥地上溅起一团团晶莹透亮的水花，落下，聚集起来，又安然、豁达地穿过门槛下的洞口，向门外的水渠一泻而去。我于是想，生命之路其实到处都铺展着迷一般的轨道，无法判断，无法选择，只有望着那遥远的目标，默默地积攒力量，在温馨与浪漫的憧憬中，不懈地追求那些美好而无限的珍奇，实实在在地活出自己的"这一个"来，才不枉真正的人生……

思索中，不知什么时候，雨已渐渐地小了，变得细而稠密，有点像江南的梅雨，淅淅沥沥，沥沥淅淅。倾耳细听，分明有轻重不相同的声音，那雨滴落在树叶上是一种声音，滴落在树枝上是一种声音，顺着树枝、树叶抖落在地面上，又是一种声音。哦，这网一般寂寞、怅惘的荒村疏雨啊，居然抖落出如此细致入微而又变化万千的声响。

夜，悄无声息地降临了，满村的窗口都映着烛光剪影，十分安详而宁静。我忽然想，此刻，忙碌了一天的村民们在做些什么、想些什么呢？是否在揉腰、捶背以安憩疲惫的身心？抑或是置一壶老酒、两碟小菜，吃着、喝着，而后陶陶然醉去，从而好有精神踏着明日清晨的阳光和露水锄草、弄瓜呢？我于是感悟到，生命是需要平静的，需要时常在卸去重妆之后穿过那空旷无人的剧场，让自己的心灵远离嘈杂而纷繁的城市，远离名利场上的乌云翻滚，在静谧处温习以往的生活，接受在淡泊和平静中产生的思想和智慧的烛照，从而信心百倍地朝太阳升起的地方走去。

荒村听雨，让我忽然悟出如此之多的人生道理。而这荒村绝非荒凉、落后的孤村，而是纯朴、自然，充满泥土气息、满眼浓绿的村子，维吾尔语名叫"亚力尕吉达"，汉语名曰"榆树沟"，位于边城伊宁东北方十几公里处的皮里青河谷中，依山傍水，满目葱绿。那年，我在那里生活、工作了整整十个月零二十三天。

阿勒泰草原上的陨石

乘车出了布尔津县城,一望无垠的茫茫荒原便被厚厚的铅云笼罩住了,"天似穹庐,笼盖四野"的古诗句即刻涌上心头。而我们乘坐的汽车,则像是一首长长短短的现代派诗歌,被朦朦胧胧的诗魂牵引着,在弯弯曲曲的公路上若隐若现、忽快忽慢地行驶着。它一会儿钻入一片厚厚的铅云中,旋即便有淅淅沥沥的雨点击打在车窗上,溅起一团团水花,又网似的直泻而下,眼前便是一片烟雨苍茫的世界了;一会儿又破云而出,晴天碧空里,太阳四射的光芒朗朗地照着,额尔齐斯河水泛着碧玉般的波浪静悄悄地向西流淌着,河两岸几十里相对相送的白桦林,在万道霞光的涂抹下一片辉煌灿烂、烟波浩渺;一会儿,又一片厚厚的铅云飘来,一阵星星点点的细雨敲打着车窗,有风透过车窗的缝隙潺潺、悠悠地渗进来,使人微微有了一丝寒意,这使我恹恹欲睡的大脑又鲜活了起来……

我想起了昨日考察牧民定居工程时的情景,想起了那些纯朴、善良、勤奋、好客、笑逐颜开的哈萨克族牧民,想起了曾负责这项工程的老县长,想起了他们竖起大拇指啧啧称赞的负责工程技术指导工作的那位江苏籍工程师。他20世纪60年代初从水利学院毕业后志愿来疆工作,那时的布尔津县素称"蚊子的王国",而他在布尔津县一干就是近40年。我望着他那被高原的太阳晒得黑黝黝的粗线条的脸,真想象不出他当初是如何在那密集成群的蚊子的叮咬下生活和工作的,也不知他在近40年的跋山涉水的岁月里,究竟付出了怎样的心血与代价。而今,他已像一位普通的牧民一样，站在那里，若不是那稍带一点江苏口音的哈萨克语，你根本分不出他是汉族还是哈萨克族。一时间，我仿佛感受到了时间的魔力和人世的沧桑，感受到了他那人生追求的理念是何等的执着而坚韧，令人敬佩至极。当讲起"2817"工程时，他的眼睛放出异样的光彩。这个工程利用世界粮食计划署援助的款项，改水整治荒漠化土地22万亩（约1.47万公顷），使1200多户5000多位牧民实现定居，结束了他们世世代代的传统的游牧生活方式，实现种草养畜、粮草轮作的良性发展，人均收入达2128元，比定居前多了6倍。望着那灌排渠配套、林路成网、牧草丰茂、畜牧业兴旺的新牧区，谁能想到十几年前这里曾是一望无际的茫茫戈壁荒滩呢？听着他娓娓动情的讲述，我忽然问：您不想念江南老家吗？没想过退休后回故乡定居吗？他豁然一笑：这辈子最美好的时光都和这里的牧民连在一起了，感情上已舍不得离开了，况且这里仍很落后，许多牧民的生活仍很贫苦，还需要我……

"在这儿停一下！"陪同我们考察的地区政协工委主任沙肯·胡沙英将我从回忆中唤醒，"那儿有一堆很特殊的石头，据说是从天上掉下来的陨石。"

真是奇迹！在这绿草茵茵，满眼阴雨苍茫之地，竟赫然堆立着一群黑黝黝的陨石。它们有大有小百余块，或牛一般地卧着，或鹰一样地立着，或如龟似的趴着一动不动；重者达数吨以上，轻者也有几十公斤。或许是进入大气层时燃烧的缘故，每一块陨石均没有棱角，质地细密、光滑而油亮，犹如非洲南部土著人的肌肤，健康、油亮而又坚实、饱满。择一块硬石轻轻敲击，旋即传来金属般的铿锵声，嚓嚓嚓的，声音清脆而悠扬，余音绵绵而令人回味。更为惊奇的是有许多大小一般的陨石，被人为地摆在一座隆起的山峦下，星星点点地围了一圈。沙肯主任说，那是一座古墓，谁也说不清有多少年了。据考古学家考证，这一带的古墓中没有什么殉葬品，有的尽是断胳膊少腿的骸骨，旁边放一把兵器。据此推测，可能在很多年以前，成吉思汗的兵马曾在这里鏖战过，而这一堆陨石，我们哈萨克人称之为"宇宙的眼泪"。

宇宙的眼泪，多么贴切而生动的比喻啊！听着沙肯主任的介绍，我思绪万千，浮想联翩，眼前一会儿闪现出一群天外来客，它们燃烧着、呼啸着、挣扎着，犹如飞机投掷的密集的炸弹，直线攒射而来，紧接着便是震耳欲聋的爆炸声，玉石俱焚，浓烟滚滚弥漫四野，山河为之变色，而没有燃烧尽的，便成了这一组黑色的雕像。一会儿脑海里又浮现出一代天骄指挥千军万马，为了实现征服世界的抱负，在这里旌旗飞舞，战马嘶鸣，刀光剑影，杀声震天，直杀得人仰马翻，昏天黑地，残阳如血，宇宙也为之落下眼泪来，真是一派悲壮、惨烈的景象……

哦，不知多少年了，这些宇宙的眼泪就与那些英勇献身的殉难者，一同在这天高云淡、地阔无垠的荒原上默默地沉寂着。

不知为何，我忽然又想起了那些已定居下来幸福生活着的牧民，想起了那位江苏籍工程师，他的豁然一笑、他的黑黝黝的紫色的脸膛、他与"2817"工程连在一起的故事……遗憾的是，我竟忘记询问他的姓名。正欲问沙肯主任时，沙肯主任说，这一堆陨石所处的位置距离阿勒泰市十七八公里，所以多为人所知晓，而在遥远的青河县的戈壁荒滩上，还散落着一群陨石，大大小小有一平方公里呢！

啊，草原！草原真是一部博大而冷峻的历史！在它面前，什么岁月啊、沧桑啊、荣辱啊，都显得渺小而微不足道。一时间，我那心念百转万千感慨的一腔纷纷扬扬的思绪，都随着那逐渐放晴的天空，随着那破云而出的流光溢彩的万道霞光，随着那清澈、透亮，闪着碧玉般的浪花的额尔齐斯河水，滚滚不息地向远方流去。

雪落昭苏

一

昭苏在我的记忆中始终是遥远而又令人神往的。

那里有莽莽无垠的大草原，有神奇多彩、奔腾欢啸的河流，有在悠悠岁月中默默沉思的夏塔古城，有白雪皑皑的汗腾格里峰，那是天山山脉的主峰。它冷漠而孤傲，终年被银光闪闪的冰雪覆盖着，在湛蓝的天空和悠悠飘浮的白云的缠绕下，在万道强烈的阳光的照射下，高耸而坚硬，岿然不动，沉默无语，任何时候都显露着一种令人敬畏的力量和光芒。

在这座坚硬如钢的冰山雪峰下，却母亲般慈祥地流下一串串晶莹透亮的乳汁来，它先是滴滴答答、潺潺淙淙地流泻下来，进而如马驹一样欢腾、跳跃，往下奔驰，在接纳了十余条支流后，汇成一条大河 —— 特克斯河，温情脉脉地向恰甫其海山口奔泻而去。

而在它所经过的地方，便孕育出风光旖旎、富饶的昭苏大草原和无数令人感喟的历史故事。历史上的"天马""西极马"就诞生在这片神奇的土地上，还有那剽悍、顽强的乌孙人、细君公主、解忧公主，有张骞的驼铃和马队，有一代代的草原骑士 ……

二

然而，就在这样的神往中，这些年来我只去过两次昭苏，而且都是在春天，且碰上了纷纷扬扬的鹅毛大雪。

十余年前的春天我第一次去昭苏，那个时节伊犁河谷已是鲜花盛开、草长莺飞了，而昭苏依然是冰天雪地，一片银装素裹。记得那天抵达昭苏时已临近傍晚，灰蒙蒙的天空飘着纷纷扬扬的雪花，天地间仿佛挂起了一幕硕大的轻纱，我的那双刚刚接触过鲜花和绿叶的眼，霎时间又被漫天的雪花迷住，变得宁静起来。雪轻轻地落在那冒着一缕缕炊烟的低矮而破旧的屋顶上，轻轻地落在房屋院墙的垛口上、高高的电视天线杆上、那一排孤独而又高大、笔直的白杨树上。雪，依然以它坚忍的意志和顽强的性格展示着它的风采。偶尔有几位行人匆匆走过，留下几行脚印，旋即就被雪湮没了……

夜是静悄悄地降临的，稀稀疏疏的灯火一盏盏地亮起来了，闪烁在苍茫暮色里，明灭于漫漫飞雪之中。在一间低矮而厚实的土屋里，我裹着一床棉被，两眼定定地望着漆黑的窗外，倾听着雪落的声音，不时有几片雪花撞在玻璃上，感觉它是在忍着疼痛滑落着、融化着，最后化作几缕长长的泪痕，在屋内昏黄的灯光的映照下，轻轻地酝酿着一种欲说还休的絮语……

就在这样静寂的絮语里，我又想起了那个远嫁于此的细君公主。当她于公元前105年踏上这片土地的时候，面对的也是这样一片白茫茫的天地之景吗？那个时候的雪夜里有一闪一闪的烛火吗？有一堆堆燃起的篝火吗？有乌孙铁骑奔驰、欢呼的声音吗？我不知道，我只知道她在5年后撒手西去时留下了一首千古绝唱——《悲秋歌》。虽然赤谷城在伊赛克湖之南，但我想细君公主是涉足过这里的，因为那个时候这片土地和那片土地是连在一起的，并且一直到19世纪60年代。这片富饶、辽阔的土地上仍然吟唱着她那首让人潸然泪下的歌：

　　吾家嫁我兮天一方，远托异国兮乌孙王。

　　穹庐为室兮毡为墙，以肉为食兮酪为浆。

　　居常土思兮心内伤，愿为黄鹄兮还故乡。

三

　　从那以后，我经常想起初行昭苏时的那个静谧的雪夜，想起那一夜雪落昭苏的声音，虽然那声音是轻轻的、隐隐的，却声声入耳，时不时地，我的心扉间便有了落雪的声音；因而即使身居闹市，我依然能够进入一种洁净而静谧的状态，想悠悠天地之事，探漫漫人生之理，只是仍有一种淡淡的忧郁在心头凝结，抑或是细君公主那凄婉的唱词一如云雾和白雪一般驱散不尽？

　　今年春天，我又有了一次前往昭苏的机会。由于路况已非往日可比，我们乘坐的车早晨从伊宁出发，中午便到了昭苏。一路上，那和煦的阳光，普照着广袤无垠、水草丰美、绿草青青的大草原；那柔柔的风，从蓝天白云里的雪峰上轻轻吹来，给人以丝丝凉意；那静谧、安详而又波澜不惊的岁月，又悄然从记忆深处跳跃出来，这使我对昭苏充满了敬意，充满了热恋之情，我的思绪犹如船帆一般，在遥远的岁月之河上悠悠飘荡：那剽悍的乌孙人定是草原上的骄子，他们属于疾风暴雨，属于险峻的幽谷和漫漫的戈壁黄沙，也属于这翡翠般翠绿的草原。那么细君公主呢？她本该属于富庶、温暖的江南啊！还有那个来到赤谷之地的解忧公主。她生性开朗，身体健壮，渐渐适应了草原上的生活，深深爱上了这片土地和这里的人们。还有那个追随解忧公主数十年的侍女冯嫽，七十高龄时仍重返赤谷之地，帮助解忧公主的孙子。她们都是中华民族的女英杰啊！由此，我又忽然有所悟：其实历史上许多美好的东西都是悲喜交织而成。

那天夜里，骤然降温，下起了淅淅沥沥的小雨，进而狂风大作，细细密密的雨珠儿击打在窗棂和玻璃上"砰砰"直响。我躺在宾馆内，回味着十余年中前后两次来昭苏的感受，久久不能入眠……

早晨，拉开窗帘，"不见松林翠，徒见遍山白"。雪，已在昨日夜里静悄悄地倾情铺洒下来，已把春光明媚的昭苏变成了银装素裹的世界。一座崭新的县城一夜间静谧得如同海底的银色珊瑚，千姿百态，晶莹剔透。那路两边郁郁挺拔的青松绿枝上落满了雪，那平坦而宽阔的水泥路面铺满了雪，那宽阔的人民广场，那高高低低的楼宇砖房，以及那广袤无垠的大草原，都被厚实而圣洁的雪盖住了……

昭苏，真是充满了诗情画意的地方。昭苏的春天不是以绿茵，而是以这蕴含着蓬勃生机的皑皑白雪来昭示的，那雪的下面藏着多少美好的历史故事和传奇啊！雪，是昭苏的生命之源。

萨孜草原

　　从塔城走裕民，又从裕民奔托里，一路上火辣辣的太阳高悬正南方，火炉一般烧烤着大地。打开车窗，吹进来的风也是热乎乎的，身体的每一处都黏糊糊的，每一根张开了的汗毛孔似乎都被汗水堵塞住了，憋得难受，也闷得难受，心仿佛欲跳出来一般。远远地望去，悠悠天地之间，除了连绵起伏的光秃秃的巴尔鲁克山牛一般地静卧着，除了被烧得不见一片云的天空和茫茫无涯的戈壁荒原，除了倾泻而下让人睁不开眼的阳光和喷注地面所散发出来的熏热以外，这世界似乎再没有什么了。

　　车上的人无精打采，恹恹欲睡。

　　到了托里县城，汽车沿着巴尔鲁克山边沿向西行驶了一个多小时，便在一个又一个的山峦间爬上爬下地走着。一会儿蜗牛一般往山峦上缓缓爬行，一会儿又剑一般直冲而下，心像提到了嗓子眼儿，悬着，紧张极了。大约半小时后，眼前豁然开朗起来：广阔的天幕下是一片广阔的草原，天空像被水洗过一般鲜亮而碧蓝，飘浮的白云也显得格外柔润多姿。这会儿我们的中巴车就像劈波斩浪的帆船，荡起一波又一波油绿色的涟漪。在金色的阳光的照耀下，草原上的绿显出浅绿、碧绿、浓绿、墨绿，以及静止的绿和飘动的绿，相互交错、相互重叠，仿佛世界上所有的绿都在这儿凝成了一个浓郁的点，让草原绿得恬静，绿得丰满，绿得深沉。

　　越往前走，草色越来越深、越来越浓，迎面吹来的风开始越来越凉爽。不知什么时候，太阳已向山的那一边挪去，只露出半个硕大的红扑扑的脸。天色开始暗淡下来，变得模糊不清了。终于，我们的车停留在几顶哈萨克牧民的毡房前。向导说，这就是库普牧场，我们所走过的地方统称为"萨孜草原"。

"萨孜"是何意呢？我极目四望，整个牧场绿草如茵，像绿色的绸缎一样，星星点点的毡房和成群的牛羊散布其间，耳畔偶尔传来一两声牧歌般的吆喝声，给这宁静的草原增添了无穷的魅力。

太阳醉汉一般红着脸，颤颤悠悠地向西沉下去，一阵微风吹过，脚底下的茸茸绿草波涛般起伏，凉意顿时袭遍了全身，我不禁一阵寒噤，哦，山里山外的温差竟是如此之大啊！

我踏着松松软软的青草四处张望，发现正南方数百米处有一片数百平方米的地方闪着粼粼的波光，原来是自然形成的湖泊，四周是水草丰茂的沼泽，哈萨克语谓之"萨孜"。此时，北面的山坡下，星罗棋布的毡房顶上，飘起一缕缕袅袅的炊烟。一会儿，一弯月亮小船一般地从东方的天际里摇橹上来。夜幕降临了，草原仿佛变成了夜的海洋，一顶顶毡房像一叶叶扁舟，与天上的月牙儿遥遥相对；一盏盏昏黄的灯光星星一般从一顶顶毡房的门帘、窗口闪烁出来，随之传来一阵阵马达发电的声音。遂想起许多年前，草原上到了晚上便漆黑一团，而现在三五户牧民聚在一起，便可用一台小型发电机点灯照明、读书学习或收看电视，夜生活越来越丰富多彩。这变化是多么巨大啊！

至后半夜，天凉如水，我数次被冻醒。当东方的天际渐渐泛白时，迷惑、困顿的我感觉那微微泛白的亮光在一点一点、一圈一圈地扩大着，可以看到嫩绿色的青青小草了，可以看清烟雾中隐约、朦胧的一顶顶毡房了，可以望见一只只、一群群食草的牛羊了。我裹着衣服走出车外，一股湿润润、凉飕飕的风包围了我，我不禁打了个寒战，困惑、迷糊的大脑即刻清醒起来：那广袤无垠的草原一波一波地涌着绿色的波浪，脚上的鞋袜已被露水打湿，我极惬意地在晨曦中带着微露的草原上信步闲游。

走近清汪汪的沼泽边沿，蓦然发现不远处的水泊中栖息着一群群野鸭和白鹤。它们有的金鸡独立，凭风远眺；有的轻扭着脖颈把长长的嘴插进丰满、柔润的羽毛中，酣睡入梦；有的双双嬉戏，一会儿钻入水中，从远处鱼跃似的冒出来，一会儿把脖颈探入水中，露出光洁的双掌，微微抖动着；有的则安详地静卧着，任凭草原上的缕缕晨风轻拂着自己……

哦，多么恬美如画的景致啊！我伫立许久，不忍心惊动它们。我想，草原上的牧民一生与大自然相伴，与鸟儿自然为邻，互不惊扰，平安相生；倘若久住城市里的人也有此心境，该是多么好啊！

这时，东边的天空微微泛红，一缕缕霞光开始喷射出来，一会儿，草原上的一切都融入那绚丽多彩的万道霞光中了……

野核桃沟

　　我不再因为离开繁华、喧闹的城市而觉得难过了。我明白,在繁华、喧闹的城市里生活和工作虽然舒适,但绝对缺少宁静,缺少纯朴和自然,缺少天然、纯净、沁人心脾的空气,缺少与连绵起伏的大山和苍苍茫茫的林海、松涛对话的可能,缺少赤脚踏在松软的泥土上所拥有的那种天人合一的,豁达、舒畅而又轻松、愉悦的感觉……

　　而此刻,我驻足于伊犁河上游伊什格力山东段一个名叫"江嘎克萨依"的沟内。满沟的树木和野草、满眼的翁郁和葱绿,使我通畅的语言之门彻底地关闭,全身心地尽情享受着一片宁静而安详的时空,毫无顾忌地敞开着心扉,静静地在一片纯自然的呼唤中散淡情怀,远绝尘寰,那种感觉像一缕缕轻柔的风吹来,我微微地熏醉了……

　　这里三面环山,呈一条盒状,是一个冬暖夏凉、气候异常独特的地方,其独特之一乃是这里一年四季连一只苍蝇、一只蚊子也没有。据说世界上海拔很高的一些地方,盛开着的野草、野花所结的果实是由苍蝇或蚊子传粉受精而孕育的。然而,此沟虽然树草丰茂、水流潺潺,海拔也在千米以上,却没苍蝇,没有蚊子,当然也没有嗡嗡飞舞的金色蜜蜂。

　　此为何也?缘由没有别的,就是因为这条稀奇而独特的1.7万亩(约1133.33公顷)的沟内生长着3100余株野核桃树,郁郁葱葱,浓荫遮地,一棵树便是一把巨大的绿伞,散发着浓郁的涩涩的苦味儿。江嘎克萨依,哈萨克语意为"野核桃沟"。据说这是世界上仅有的两处野生核桃林之一,另一处则在哈萨克斯坦境内的阿赖山地界内，与此相距甚远，就像两个永远没有联系的亲戚一样，遥遥相望而互不惊扰，因而江嘎克萨依野生核桃林呈孤岛状分布，独享着那么一片旷远而纯净的蓝天、那么一座巍峨而连绵起伏的大山、那么一副尊容，闻名遐迩。

驻足在这样一片"孤岛"内，我的所有的思绪及烦恼似乎都抛到山的那一边去了。以往，凡尘俗事浪费了我太多的心神，即使如此，仍不得不冠冕堂皇地为生存和发展寻找着理由。许许多多与我一样善良而纯朴的人，都在这样的凡尘俗事中自觉、不自觉地学会了包装自己，使人如痴如狂地走入了另一片黯淡、模糊的天地，甚至连自己究竟是谁都难以说清楚了。还有的一生为此或郁闷、烦乱，或疲惫、冷漠，初谙世事的人还以为这才是真正的成熟与深沉呢！其实临到末了，才发现恍过一世，自己从没有做过一件真正喜欢的事，那青春时期的理想、少年时期的执着，早已被抛向九霄云外而难觅其踪影了。哪像这野核桃林啊，独独地在这里一待就是上千万年，默默无闻地守候着这么一条狭窄的山沟，守望着喧闹、欢腾、滔滔不尽的伊犁河水，终成为世界上的两处之一，引来无数志士仁人的啧啧赞叹和羡慕之情。

沿着一条小径攀缘片刻，蓊郁、葱茏的树木便将我湮没了，那湿润的、幽谧的，充满了芬芳的气息溢满了我的全身，满沟的绿泼墨一般洒进我的心上，脚下坚实的小径蜿蜒地伸向山巅，一股清清亮亮的溪水在沟底潺潺地流淌，并升腾起一片片如烟似雾的岚气。于是我仿佛感觉到远方山谷里传来了阵阵声响。伊犁河谷布满了常绿阔叶林，野生核桃树也跻身于其中繁衍生长着，而且一度成为这一片林中的骄子，与高傲、挺拔、翠绿的雪岭云杉交相辉映。随着地质和气候的变化，那些常绿树种逐渐演变为落叶乔木，野核桃树也渐渐地退居山地，并且长得奇丑怪异，不引人注目，结出的果实却被植之于大江南北。《本草纲目》中说："汉时张骞出使西域，始得种还，植之秦中，渐及东土。"或许是离开了初生之地之故，

那些家种的核桃无论是皮、味，还是营养价值，都不及野生核桃。但她仍然被冷冷地抛在这一条山沟里，没有被砍伐掉，也没有被太多的乌烟瘴气污染，其原因大概是她长得低矮、不成材吧……

木秀于林，风必摧之。一时间，我似乎听懂了野核桃树的语言。她似乎像一个缄默而内心丰富的人一样，站立在时空的地平线上，在悠悠天空和茫茫大地之间以孑然的身影毫不逊色地演绎着生命的四季。于是，我的内心也变得如她一般怀着朴素、自然而和谐的心态，似乎也要变成一棵绿化植物，远离喧嚣之地，静静地站立在山谷里，从容地生长在风霜雨雪的岁月之中，接受天地日月精华的抚育，从不与遥远的田野里的庄稼、果木争宠，更不与苍蝇、蚊子为伍，只适时、执着地散发着那么一股浓郁的绿的芬芳，以此来表达我对自然的感恩，对这养育了我的世界的热爱。想至此，我随手采摘了一枚树叶，学着小时候的模样，将它卷起，轻轻地放进嘴里，随之一种韵如唢呐的笛音悠然而出，在这晴朗且充满浓郁绿色的山谷中回荡开来……

一只白天鹅

一只白天鹅,真的!一只浑身雪白而脖颈修长的白天鹅,她在我们的眼前轻盈地落下,又悠然地飞起,再轻盈地落下。我看得真真切切、清清楚楚,激动的心也像白天鹅一样落下,飞起,又落下。

这是我生平第一次在这么近的距离内看到一只美丽的白天鹅。

这是在巩留县库尔旦生态园区看到的。

那天下午,我们乘车遍览了巩留县城区,参观了巩留县金鹰集团伊犁亚麻制品公司和麻黄素制品公司,然后驱车前往库尔旦生态园区。

库尔旦生态工程项目园区位于巩留县城以北,占地12.5万亩(约8333.33公顷)。早先这里是一片盐碱滩,寸草不生,满目荒凉,到处是白花花的盐碱。自1998年巩留县人争得将这一片盐碱滩列入了国家生态环境建设计划后,经过三年的努力,这里目前已树木葱郁,芳草萋萋,牛羊成群,排灌渠及公路纵横有序。而再过几年,这里将成为伊犁河谷最大的优质草场。

提起这座生态项目园区,同行的几位巩留县干部说,这几年,他们每年春天、秋天都要在这里挥锹劳动两个月,挖渠、修路、种草、种树,什么苦都吃过来了,现在已初见成效,心里挺高兴的,这叫"苦尽甘来"啊!

我坐在缓缓行驶的车里,听着县里同志娓娓的介绍,心里也着实为巩留县人撼天动地、改造生态环境的精神所感动。忽然,在一条水渠边,出

现了一只亭亭玉立的鸟。她的腿纤细而修长，脖颈俊美而高昂，胸脯挺挺的、圆圆的，十分警惕地望着迎面驶来的汽车。

"是白天鹅！白天鹅！"我惊喜道。

那只白天鹅见我们的车驶近了，便悠然地飞起，一会儿，细长的双腿和秀美的身段便成"一"字形。那洁白、美丽的双翅悠然地扑扇着，像一缕轻盈的风，像一阵清凉的雨，像一艘鼓胀而航行的帆船，像一曲优美的歌。但她飞不多远，又悠然地落下，落在清汪汪的河水边。我的心里即刻涌出泰戈尔的诗句：夏天的飞鸟，飞到我的窗前唱歌，又飞去了……心里难免又涌上几分惆怅：唉，如果带上照相机，拍摄下来该多好！

同行的人笑一笑说："在河滩下面还有呢，一群一群的。"

我听了，心里得到一些慰藉，思绪又无尽地蔓延开来。我想起这里原是荒滩之地，飞鸟绝尽，又想起干部、群众挥汗如雨，换来了这芳草萋萋、碧绿无涯，引来了一群一群的鸟儿在这里嬉戏、啾鸣。于是，我的心又忽发奇想：不是说巩留像一只彩色的蝴蝶吗？她三面环山，一面连水，一翼是山清水秀、风景秀美的东部林海草原，一翼是阡陌纵横、满是稻海和麦浪的西部河谷平原。而我觉得，她如今更像一只白天鹅，静静地安卧在一片翠绿的芳草之中，欲扇动着美丽的翅膀，划过透明的青天，飞啊，飞啊，飞……

感受塔里木

我真想待在那里一辈子都不走了。在那里可以看一轮红日怎样从起伏的云雾缭绕的山岭上冉冉升起，又怎样在光照中天的时候经一阵柔和、清凉之风吹拂，渐渐地向西沉去，落在翠绿色的山的那一边；而后，在深沉的暮色里，静静地倾听一川河水清澈而响亮的涛声……

那里叫"塔里木"，位于巩留县恰西风景区境内，四周环绕着青山绿水和苍翠的云杉、松林，一排排缤纷亮丽的红顶木屋点缀其间，名曰"云岭山庄"。远方有几座白皑皑的雪山一直俯视着这里，俯视着那一片满目碧翠的山岭和树草，俯视着那条从密林深处奔泻而出哗哗流淌的河水。

那天，当我匆匆忙忙赶到那里的时候，已是薄暮霭霭的时分了，和几位作家朋友兴致勃勃地在云岭山庄内喝了几杯酒，便晕晕乎乎、迷迷瞪瞪，忙缩到一间小木屋里，枕着一脉湿润叠翠的山影和一河嗡然似雷的涛声，仙人一般沉沉睡去……

天渐渐地亮了，一夜清凉的山雨驱散了夏日的闷热与烦躁。披衣出门，满眼是一片一片的绿，那嫩嫩的青草、那郁郁的树木，都闪动着鲜亮的翠绿。远处的山峦上，交错着的淡淡的云烟缭绕于苍翠的树林间，使其呈现出一山半壑的奇特景观。那一湾河水鼓涨了一般，依旧富有激情、富有活力地奔腾流淌着……

这情景使得多年以前属于我的那种狂喜、那种期待，以及那种喜爱灵动的欲望，又回荡在我的心中。于是，我和我的兄长般的朋友董心平相约一起去爬对面的那座山岭。

一夜山雨，山径湿滑而泥泞，爬一会儿便气喘吁吁，浑身是汗，那汗水一会儿便冰冰凉凉地在胸前和脊后流淌。我知道这是自己久坐办公室，很少活动的缘故，遂又想起这些年来蜗居于钢筋水泥筑就的楼宇内，享受着所谓的优越的物质和文化生活，其实心灵早已干枯，多年前的自然心境已经不再，那浓郁的乡村文化和田野气息也绝少在脑海中浮现，自身的本真与率直怕也像河水一样渐渐流失而远遁了吧……

我就这样怀想着，一步一步爬上了山顶。这时先于我们爬上山顶的老作家谢善智和著名记者高栋热情地招呼我们，并指着山下的风景啧啧地赞叹不已。我睁大一双慵懒的眼，饥渴地啜饮着这一片迷人的景色：那红顶白墙的云岭山庄已隐匿于层层簇簇的树林中了，那一湾河水在晨雾缭绕的密林中蜿蜒而来，又蜿蜒而去，弥漫着一团缥缈的雾气。那雾气时聚时散，一会儿缠绕于松林间，笼掩一切，一会儿似轻柔的薄纱，或飘袅飞涌消失在山川里，或冉冉升起与山巅上的云雾融合在一起。而那隐隐入耳的河水之声，则好像是极悠远、极宏大的，在空旷、寂静的山谷中演奏着一曲宏大的交响乐。远远地看，它又像一条银白色的飘带，行云流水似的缠绕于郁郁葱葱的河谷中，发出哗哗的喧嚣声。我于是仿佛听到了"逝者如斯夫"的声音，这是最早面对河水发出感喟的一位智者的声音啊！于是心绪又如云般飘飘悠悠，开始浮想联翩。我想，这木屋，这河水，这逶迤起伏的山峦，这层层叠叠、苍苍翠翠的林木，以及那一缕缕飘浮而起的云烟，都是极宜入诗、入画，永远存在下去的，我们人的生命却是短暂一瞬。因而许多时候对许多事情不必那么耿耿于怀，不必负重前行，也不必执意地在俗世中那么注重浮浮沉沉，让自己的生命沉重而复杂，失去单纯、本真之色彩。升沉不过一秋风，过于追逐功名利禄，必然导致心灵文化的失真，导致精神道德的滑落。想至此，便觉得自己这次塔里木云岭之行，实际上是从城市再一次走向了山野，走向了一种轮回、一种禅定。

　　此时，一切都是悠悠的、静静的、软绵绵的。我的心绪自然、轻快、自由地飞扬，渐渐地，自己也仿佛变成了一丝淡淡的光、一缕清清的烟、一片白白的云，被轻柔的风阻拦在这云岭之上，缓缓地向森林茂密的山巅飘移而去。那是洁净而又神圣的雪山之巅啊！

天山深处那棵苍老的松树

记不清是哪一位诗人说过这样一句让我记忆犹新的话：一棵树便是一条寂静的河流。

河流或自数千米高的皑皑雪峰上潺潺淙淙地流下，或从荒无人烟、百鸟啼唱的高原沼泽的泉眼中汩汩渗出，先是呈羽状的溪水，最终汇集成大江大河，一泻千里，向着蔚蓝色的大海奔涌而去，仿佛大海便是她生命的最后归宿。

而一棵树呢？她由嫩芽长起，渐渐茁壮，渐渐斜伸出枝丫，渐渐长满茂密的树叶，向着蓝天、白云伸展，寂静而崇高，须仰视才能见其风采，仿佛无限辽阔的苍穹便是她向往的理想境地。她枝叶繁茂，蓊郁而苍翠，遮天蔽日，成为人们视野中一道独特的风景。

于是，我想起两年前在天山深处巩留恰西境内看到的那棵美丽而苍老的松树来了。

那是一个飘着白蒙蒙的雾雨的秋天。山谷里松柏深深，绿荫重重，空气潮湿而清凉，裹挟着一缕缕青松枝叶的苦涩味儿。山谷里有一条河水像是受了雨的青睐，喧嚣着弯弯曲曲地向着远方奔泻。

在一座旅游毡房前，我发现了那棵苍老的松树。在她的脚下，横躺着一棵人腰一般粗的松树，树皮已经斑驳，木质已经腐败，轻轻用脚踩去，稀松得如土、如粉，一层层地剥落，成群的蚂蚁在其上肆虐。我想，从这棵松树倒地到如今，怕是有几十年的光景了。至于为什么倒下，又为什么没有被当作木材去用，我就猜想不出了，我只觉得她似乎远离了曾经对她不仁的世界，摆脱了曾经有过的挣扎和忧虑，以另外一种方式与泥土为伍，扶助着她身旁的这一棵树，希冀她根深叶茂，茁壮成长。

这是一棵怎样的树啊！她雄浑大气，华盖如云。她的树干粗壮，无论再怎样壮硕的人，也无法与她相比。她的一根根伸展出去的枝丫长满了郁郁青青的针叶。或许是烟雨朦胧的缘故，她的顶端始终被一团团浮动的烟雾缠绕着。从粗壮的树干及沟壑一般的树皮判定，这是一棵有着三四百年历史的老树。在她的树根周围，落满了泛黄了的针叶，松松软软的，踩上去舒坦极了。

然而，当我注目端详时，竟然发现在离地面两米处，有一处几十厘米宽、四五厘米深的疤痕，那里的树皮早已脱落，裸露的木质已干枯，上端与树皮相结合处，还流着浑浊的泪水，黏糊糊的。在其伤口的旁边，还有一把拴马钉深深地钉在树身里。这使我很惊讶，我想，这锈迹斑斑的拴马钉怕有数十年历史了吧！那树的伤口该有多少年了呢？是谁为了什么而伤害了她呢？或许从她被伤害的那一天起，她就这样默默地流着眼泪，日复一日，月复一月，年复一年……

也许正是这个缘故，她疼痛难忍，差一点儿也像脚下的树一样横躺下来，逐渐腐败，化为粉尘，但又不知什么缘故，她还是坚强地站住了，没有倒下去，而且把她那四通八达的根须深深地扎入贫瘠的土地内，逶迤延伸，连接着巍巍的天山，连接着白雪皑皑的喀班巴依峰，而那清清亮亮的天山雪水又滋养着她，给她以勃勃的生机，使她坚强、刚毅，像个战士，屹立于天地之间，不屈不挠地抵抗着风霜雨雪的侵袭。我一时觉得，人的那种巨大的潜能、那种能吃苦的耐力、那种受了打击和伤害仍显示出的那种刚毅和气派，都被这棵树的风姿包含了，因而她毫无愧色地成了一处独特的风景。

她确实是一处独特的风景。她那兀立的姿态、固执的信念、高深莫测

的表情，把你引向无限辽阔的苍穹，然后又注视着脚下，聆听那一湾河水的喧嚣与欢腾。她丝毫没有感到生命的孤独和落寞，而且她的长势有点像意大利的比萨斜塔，让人担心有一天会倾塌下来，或者在肆虐的狂风中倒下，或者暴发的山洪冲刷出她的根须，从而被什么人套上什么马使劲拉拽。然而据我细细观察，这一切似乎都已发生过，但都没有难倒她，她依然挺着倔强的身子，郁郁青青地立在那里，那么高傲，仰天长啸，却又那么悠然、娴静、自得，哪管它风吹雨蚀、云起日落……

倒是一些搞旅游开发的人发现了这棵树的价值，且又立于清澈的河水不远处，便在树下搭一顶毡房，以期来此游玩的人可以阅景读山，可以醉卧于毡房内聆听着阵阵涛声酣然入睡。

那天晚上，没有月亮也没有星星，夜泼墨一般漆黑，许多人围着一堆篝火，听一个长头发的小伙子弹着吉他唱优美动听的东方小夜曲《草原之夜》。歌声悠扬，在黑黝黝的山谷里回荡。一阵阵晚风吹来，火苗儿一闪一闪，我于是想起老子的训言："上善若水，水善利万物而不争。"我想，如果说一棵树就是一条寂静的河水的话，那么这棵树一定有着河水一样沉默的柔性，不管风吹雨袭，她只管生长枝丫和绿叶，只管年年月月向上生长，以点缀、衬托着碧空如洗的蓝天和悠悠飘浮的白云。

这样想着，我的心亮了……

那拉提的那个细雨黄昏

我陪着京城来的客人抵达那拉提的时候，已是薄雾霭霭、阴雨霏霏的傍晚了；即便如此，客人们仍兴致勃勃地观赏了哈萨克族赛马、叼羊等体育赛事。那些剽悍的哈萨克族骑手骑在湿漉漉的马背上，在厚如地毯的绿油油的草原上纵横驰骋。他们不停地挥舞着马鞭，相互追逐着、喊着、叫着，引得客人们一阵阵掌声和喝彩声……

天已像一个硕大的铅灰色的锅盖，沉沉地架在那拉提山上，云变成了一团团似烟又似雾的氤气，缥缥缈缈，如仙女散花般时聚时散，翻滚着向山梁上挤去。而那玉珠般的雨点就在这飘忽不定的雾气中砸了下来，砸得天地间万物响声一片，如春夜稻田里的蛙声，如密集、喜庆的鼓声，如胜利的锣鼓声和鞭炮声：噼噼啪啪……沙沙沙沙……一阵风吹来，飘来一片烟雾，伸出手欲抓一把，结果满手是湿漉漉的雨水，它像雨的幽魂，全然不见踪影。这情景令我感动，令我浮想联翩。是的，这雨水全然没了春的温柔、夏的甜润，而是沉沉地，如一片秋的凉意包裹着你，使你自然地添加了衣服，躲在车厢里，哆嗦着脖颈，冷眼望着迷迷茫茫的那拉提，心里好像在诅咒着这突如其来的山雨。

但是那拉提的烟雨就是这样随心所欲：只要有一片云，它就会洒下一片雨水，倘若有两片、三片、四五片云，它就会汇聚成一片云海，云海翻腾，顷刻间融化成倾盆大雨，痛快淋漓地把那拉提变成雨意朦胧的世界、混混沌沌的世界；而风雨过后，那拉提又拥有了一种超凡脱俗的气质：宁静、纯洁、轻盈、缥缈，如一首清新而高雅的诗，如一幅墨色浓淡相宜的山水画，天蓝水碧，云白草绿，还有三五成群的羊儿点缀在碧绿的草原上……知其奥妙的人，自然欢喜不已，你瞧，那容貌俊秀、着一件粉红色衣裳、享有"羽坛皇后"称号的李玲蔚，还有那获得过52枚金牌、穿一身黑色紧身运动衣的"体坛尖兵"叶乔波，欣喜地撑一把或蓝或绿的雨伞，背对着雨雾浓浓却偶露半身浓绿的那拉提山，不停地按动着数码照相机的按钮。我想，她们曾为我国体育事业的辉煌所付出的汗水，尤其是那些因为挫折、伤痛和喜悦流下的泪水，还有今天那灿烂而又甜甜的微笑，都一起融化在这苍苍茫茫的烟雨中了。这秀美无边的风景啊，完完整整还原了她们原本的气质——拥有智慧灵性的女人。她们在面对着天下无与伦比的自然风景时所自然流露出的那种欢悦、那种孩提似的天真烂漫的笑声化成了另一道亮丽的风景。于是我忽然觉得，或许这灰蒙蒙的雨天正因她们那爽朗的笑声而变得生动、温暖起来，这淅淅沥沥的阴雨也因她们那灵巧、精致的雨伞而变得富有情趣。尤其是曾荣获38枚世界冠军奖牌的李玲蔚，如今娴静得像一朵亭亭玉立的荷花，被星星点点的雨水沐浴着，悄然盛开在这苍茫的烟雨中，给这沉闷、落寞的草原带来了丝丝暖意和别样的情趣。我想，这位在体坛拼杀数十年的女子，是真懂得什么是人间最美的东西的，否则面对着这样的青山绿水，她绝不会笑得那样舒心、那样灿烂！

太阳似乎已沉沉地睡到地球的那一边去了，那拉提山渐渐地变成了一道深黛色的影子，横躺在那里静默无声，布满河滩的胡杨林簌簌地抖动着，似乎有感于这苍茫无边的蒙蒙细雨的洗礼，动情地发着飒飒的响声，动听极了。于是，我的思绪忽然间又飘向了胡杨树的沧桑历史，据说它们站着三千年不倒，倒了三千年不死，死了三千年不朽，生命力可谓强矣；而且它们定是见证过当年西征的那支蒙古骑兵了，据说那蒙古骑兵们当年就行进在天山峡谷中，衣衫褴褛地忍受着刺骨的寒风、潇潇的冷雨。快要挺不住的时候，忽然云开雾散，冷雨骤然停歇，眼前是一片开阔地，绿草如茵，阳光普照，于是就留下了"那拉提"（阳光普照的地方）这美丽而又动听的名字。尔后他们一路向西，又相继留下了"则克台"（生长毛腊的地方）、"巩乃斯"（平缓的绿色之地）、"巴彦岱"（大雁落脚的地方）、"霍尔果斯"（宜牧之地）等生动而富有想象力的地名，全然不惊扰一草一木，浩浩荡荡如烟雨一般疾驰而去，消失在苍茫的天际里，定格在历史长河中。据说那个时候的蒙古人就特别敬畏苍天、敬畏山水，从不在山冈上、草地里乱采滥挖，从不把污物丢弃到河流中，谁要是在河流上游洗澡或洗衣，必遭众人责难，严重了还要受惩罚……

夜里，我安睡在潮湿却温暖的小木屋里，噼噼啪啪的雨点落在屋顶上，在我的耳畔回响了近乎一夜。大约是七八点钟该起床的时候，我仍被雨声敲击着蜷缩在被窝里不愿意起来。谁知同屋的小王将窗帘一拉，窗外竟是湛蓝的天、绿意浓浓的树，一湾清清的河水在我的窗前潺潺地流过，我这才感到雨不知于何时早已停歇，而自己竟是被这河水声侵扰了一夜。

山无水则呆滞，水无山则平庸。我披衣出门，见那身材修长的李玲蔚正轻轻拨开一缕草，蹑手蹑脚地来到一棵枝繁叶茂、绿意浓浓的胡杨树下，转过身来，让同伴把她与胡杨树一起拍照下来；此时，一缕暖暖的阳光照着她秀丽的面容，她温婉、沉静、亲切、自然地笑着。我忽然想，这苍翠的那拉提山和那拉提草原，多半是被这清悠悠的那拉提河水滋润的；而如今，经过一番雨水的洗礼，那拉提山和那拉提草原又因一位着一件粉红色衣裳的奇女子的出现，而呈现出它的妩媚和生动来了……

最安静的地方

走遍了大江南北的许多地方，我一直以为，世界上最安静的地方，莫过于我心中的"塞外江南"伊犁了。在伊犁，安静的地方有很多，比如海拔2072米、面积4.58万公顷，风光无限优美的赛里木湖（该湖位于博尔塔拉蒙古自治州，紧邻伊犁州霍城县，距离伊宁市160公里，所以伊犁人常常自豪地认为赛里木湖是自己地界的美湖），比如风景如画，有山、有水、有树的名胜景区那拉提、唐布拉，比如素有"瑞士风光"之称的国家级雪岭云杉自然保护区库尔德宁，比如富饶、美丽、辽阔无垠的昭苏大草原，比如……

但是，随着旅游开发热的持续升温，这些景区常常是人头攒动，车来车往，景区或多或少地少了那么几分安静、那么几分质朴而自然的趣味。这多少使我的心里多了一些怅惘和无奈。然而，自从我去过我从未去过的两个地方后，我就认为，那两个地方是世界上，也是伊犁河谷最为安静，也最令我向往的地方了。

一个位于昭苏波马边防站以南的一个叫"纳林果勒"的沟内。沟外有成片成片的向阳盛开的向日葵，有真正可称得上"风吹草低现牛羊"的原始草滩，有茂密的原始次生林，更为重要的是那里有一条名叫"纳林果勒"的河，那是中哈边境上的一条界河。那河水从海拔6995米高的汗腾格里雪峰上潺潺淙淙地流淌下来，成溪成河。那河水清澈、碧蓝，仿佛河底映衬着成片的蓝色玉石。我先前以为湖水最蓝的是赛里木湖，河水最清的是巩乃斯河上游的那拉提河，但是现在看来，最蓝、最清、最令人陶醉的要数纳林果勒河了。

记得我去纳林果勒是在2006年的盛夏，天气炎热，阳光炽热。汽车在笔直的柏油路上飞驰，从窗隙吹进来的风也是热乎乎的，使得人浑身燥热难耐。但当我们进了纳林果勒沟，一股清新、湿润中夹杂着一缕微凉的风迎面扑来，使人目清神爽。举目望去，沟里似乎刚刚下过一场雨，空气中弥漫着似云似雾的气息，每一棵嫩嫩的绿草上都落满了晶莹的露珠，那一棵棵云杉树上也挂满了水珠。我的一双浑浊而红红的眼，霎时间清凉了起来：啊！蓝天白云，青山绿水，让人心醉，令人沉醉……

车越往上走，我们越觉得景色迷人，索性下车步行。一阵阵山风吹来，一种从未有过的舒畅感顿时袭遍全身，令我欲生出翅膀鸟一般地穿云越林在蓝天里飞翔。我按捺不住欣喜之情，在山路上奔跑起来："哎——这是哪儿啊？……"没有人回答我，只有我自己的声音在山谷里回荡。一片云悠悠地飘过来，瞬间滴落下一阵雨，噼噼啪啪的声音顿时响遍了山谷。那雨仿佛也是青色的，是那种若有若无的青，因而它整片整片地落下来，便把山色染成青蒙蒙的，把树和草都洗成碧玉般的青，满山谷里愈加清凉而湿润。远处的山峰和半山腰上交错着一片片淡淡的青烟。我猜想，那头顶上的云雨定是在那里孕育并生成的。我的裸露的肌肤上，已是潮润润的了。忽见左边的山巅上有一股炊烟袅袅升起，我走近了一瞧，是一顶哈萨克毡房搭在半山腰上，一个戴红头巾、穿红色羊毛衫的哈萨克妇女正从毡房里走出来，她似乎听到了我们的呼叫声，好奇地走出来看个究竟。她似乎是许久没有见过陌生人了，两眼定定地看着我们，那眸子好像在清澈的泉水里浸泡过，忽闪忽闪地满是清纯的灵气。她白净的皮肤略显些微红。她微笑着，像是一朵悄然盛开的雪莲花，笑得那么甜润，那么温存，那么善良而友好。一时间，我似乎对"幸福"有了新的理解，而且我觉得哈萨克人可能是这个世界上最懂得幸福的人了。

三五群的牛羊散落在僻静的深山松林里，或是悠闲地吃着青草，或是舒适地卧着，望着那山、那水、那树。山是浓绿、清静的山，没有被任何污物沾染过；水是清澈、碧蓝的，似唱着歌欢快地奔流着。望着那奔泻的河水，我的心似乎一下子静了，感觉如这片山色一般静而净。我想，倘若要做一下化验的话，这河水肯定是百分之百的矿泉水。还有那层层叠叠、错落有致的原始森林，始终释放着人类在最初旺盛生长时的那股芳香的气息。山谷里时而传来几声鸟的鸣叫，那鸟的喉咙里似乎含着绿叶、含着清澈而晶莹的水珠，因而那鸣叫声特别悠扬，特别动听，明亮而悠远。一股炊烟从毡房的顶端袅袅升起，似飘带一般轻飘飘的，在松林间缠来绕去，渐渐地形成一顶帐幔，在松林、草地间蔓延开来，似乎是在驱赶着蚊蝇，换来一方空前的宁静和整洁。这个时候，我想起了倡导俭朴生活的19世纪美国的文化巨匠、人文学家梭罗的《瓦尔登湖》。梭罗在那个时期就意识到：人类一味地追求物质生活，必然导致物欲横行，不但人类与自然的和谐会失衡，而且人类自己的文化和道德也会渐渐地倒退，整个社会会变得乌烟瘴气。于是他独自一人幽居在瓦尔登湖畔自筑的木屋中，渔猎、沉思、写作，由此写成了意义深远的《瓦尔登湖》。后来的人评价说，《瓦尔登湖》是简单生活的权威指南，是对大自然的真情描述，是讨伐金钱社会的檄文，是传世久远的文学名著，它影响了托尔斯泰、圣雄甘地等人，从而改变了一些民族和国家的命运。记得我读那本书的时候，总会想起很多……

另一个地方位于伊犁河通往哈萨克斯坦的入口处。那个地方静悄悄的，河两岸灌木、野草密布，没有人烟，即使滚滚不息的伊犁河水，在这里也显得异常温存，缓缓地似乎极不情愿地流往异国他乡。我想，伊犁河似乎在这里沉思，沉思一百多年前它的祖国为何那样柔弱、那样不够强大，将那一片偌大的国土拱手送于他人？虽然时光已流逝了一百多年，她的祖国真正搞清楚了当年衰败、柔弱的原因，国家强大才是我们家园安宁、生活美好的保证。

我想，伊犁河今天仍然在沉思着。伊犁河的心灵一定盛装着那些涓涓的溪流，装着那偏僻、遥远，没有被污染的青山绿水，装着那条名叫"纳林果勒沟"的河流，还有那些满沟、满坡的青翠挺拔的松树，和那顶炊烟袅袅的哈萨克毡房。我想，仅是那个沟的名字，就能引出一段长长的而又让人骄傲的历史。但奇怪的是，我问了许多当地有些文化和笔墨功底的人，他们都不知道那条沟、那条河叫什么名字。倒是长住在这里的蒙古族同胞告诉了我，至于具体是什么意思，他们也说不上来。我于是想，纳林果勒，动听而悦耳的名字，它一定盛装着一段强大而又久远的历史和文化。只是近些年来，我们都静不下来，都浮躁地、疲于奔命地追逐着一种热闹、一种物质上的享受，心里哪会装着青山绿水啊？

而我以为，人的心里只要装着青山绿水，灵魂中就会飘来清风明月，就会真正拥有高于物质享受的精神文化和美好的内心世界。如此，我们每个人的心才会清静而闲适，才会安详而从容……

赛里木湖的传说

赛里木湖是伊犁西北边的一个天湖，她高高地悬挂在海拔2072米的科古琴山上。"科古琴"在哈萨克语里是"碧绿"的意思。凡是乘车经乌伊公路（312国道）进入伊犁的人，都会看到这里有漫山遍野、层层叠叠、苍翠而秀丽的云杉林，都会看到那蔚蓝的赛里木湖像一面硕大的镜子，镶嵌在冰峰、雪岭和云杉间，呈现在你眼中的赛里木湖是那么的清澈、碧绿，那么的悠远、缥缈，那么的令人心旷神怡。倘若在冬季来，那湖面上雪涌冰凝，白茫茫一片；倘若你在夏天来，那湖水定是变幻着迷人的色彩，一阵阵山风吹来，湖面上荡起阵阵涟漪，波光耀金，一直波及那水天相连的尽头。这个时候，你肯定会惊讶，会惊喜，会不可思议，你会自然地想到，这个湖是这样的美，那么传说中的伊犁一定也是很美的了。

是的，伊犁的确很美，而且伊犁的美确实与赛里木湖有着非常密切的关系。它的湖水大多源于周围的冰川和雪峰，但每年的蒸发量也很大，伊犁河谷为什么那么潮润、温暖，和美丽的江南一样，这与赛里木湖的水汽蒸发有很大的关系。

赛里木湖东西长29.5公里，南北宽23.4公里，周长86.5公里，面积4.58万公顷，湖底最深处距离湖面92米。

赛里木湖蒙古语意为"山脊梁上的湖"，哈萨克语意为"祝愿、祝福"，汉语则称其为"三台海子"。

前两天，我陪A省B市政协的客人游览此湖时，客人问：为什么叫

"三台海子"呢？我说：从伊犁经果子沟过赛里木湖，一直到博尔塔拉蒙古自治州的三岔口处，历史上一共有五个"台"（驿站），分别为一台、二台、三台、四台、五台。而这几个"台"，古时候就设立了。那时候，位于伊犁境内的阿里麻力是成吉思汗的二儿子察哈台的大帐所在地。那时，察哈台强盛于中亚各国，来往于阿里麻力的商贾、旅人川流不息，且多为骡马徒步行走，故而设此"台"用于旅人、过客歇息，当然也为军事服务。清王朝沿用了此方法。但我又从另一个角度解释说：伊犁太美了，伊犁人太爱美了，特别爱大海的辽阔和壮美；但伊犁又距离大海太遥远了，他们当中许多人一辈子都见不到大海。也许上帝知道了并为伊犁人对大海的热爱所感动，因而就从别处移了一个酷似海的湖过来，让伊犁人不用走很远，就能看到大海。所以伊犁人又称她为"三台海子"，是飞来之湖。多少年以来，伊犁人都有海一样的性格、海一样的胸怀、海一样的壮志和理想。

B市客人听了，大为赞赏，说：解释得好，好极了！又问：那么哈萨克人为什么将她解释为"祝福、祝愿"呢？我笑了笑，说多了怕影响客人们吃饭。不料，B市客人追问道：郭主任，我们看出来了，你笑得很神秘，这里面一定有什么故事，讲一讲，我们爱听。

我笑了笑，只好将我所知道的倒出来：

传说在很久以前，这里并没有湖泊，而是一片宽阔的草原。有一对年轻貌美的哈萨克青年夫妇在草原上自由自在地放牧，过着无忧无虑的生活。有一天，那位美丽的姑娘赶着云朵般的羊群在鸟语花香的草原上放牧，不幸与外出游猎的草原魔王相遇。那魔王一眼看上了姑娘，想据为己有。其实那魔王早已妻妾成群，可是他欲壑难填。姑娘不从，魔王便命令手下去抢。忠于爱情、忠于自由的姑娘不畏强暴，趁人不备，策马而逃。如狼似虎的魔王和他的手下们紧追不舍。快要将姑娘追赶上的时候，姑娘忽然发现一汪深不见底的潭水，便纵身跳了进去。年轻的丈夫闻讯赶来，悲怆地呼唤着姑娘的名字，也一头扎了进去。这时，潭水翻腾、怒吼、浊浪滔天，一个浪旋就把魔王和他的手下们吞没了。辽阔的草原从此变成了一片汪洋。那含恨而死的哈萨克夫妇，在波涛汹涌中化作两座形影不离的小岛，至今并肩站立在碧波万顷的湖面上……

还有一个传说是这样的：在很久以前，这里并没有湖泊，而是一片水草丰茂鲜花盛开的草原。就在这肥美的草原上，有一位勤劳、善良、美丽的哈萨克族牧羊姑娘，名字叫"切旦"。切旦和英俊、剽悍的哈萨克牧马青年斯得克朝夕相处，互敬互助，在共同的劳动中建立了真挚、纯洁的爱情。有一天，一个外出游猎的魔王来到这里，看上了这片草原，也看上了年轻、美丽的切旦，他想把草原和切旦据为己有。这对青年恋人为了逃出魔掌，便骑马向深山奔去。魔王派他的手下紧追。忽然，年轻的斯得克不幸中箭，落马身亡，切旦抱着斯得克痛哭不已。这时，魔王的手下们包围了她，她毫不畏惧，两眼闪着仇恨的怒火，拼命掀起一块硕大的石头欲砸向魔王的手下。可是她刚刚掀起那石头，就被抓住拖了马背上，她大声呼喊。这喊声惊天动地，在草原上回荡。突然，就在她掀起石头的那块地方，喷出一股冲天的水柱，那水柱很快汇成了滚滚奔腾的洪流，迅速淹没了惊慌逃逸的魔王和他的手下们。辽阔的草原从此变成了碧波荡漾的大湖……

另外一个传说也很动人：很久以前，在伊犁的草原上，有一位富裕人家的哈萨克族姑娘，爱上了一个穷人家的小伙子。姑娘美丽、漂亮，小伙子英俊、潇洒。但他们的爱情不被姑娘的父母接受。于是小伙子和姑娘便双双骑马欲逃出伊犁河谷，去寻找他们自己的幸福生活。可是当他们逃到果子沟的时候，被数千米高的科古琴山挡住了去路。眼看着后面的追赶者就要到了。小伙子扬鞭驱马欲跳过那湍急的果子沟的河流。可是那马由于一路奔波，早已疲惫，没有跃过去。小伙子落马负伤，姑娘痛苦地流泪。这时有两只白天鹅飞过，她们落下来，背负着小伙子和姑娘飞过了果子沟。可是飞过果子沟，前面是一片一望无际的硕大的湖泊。白天鹅飞不动了，便落入了湖中。小伙子和姑娘为感谢白天鹅，而且他们见白天鹅那样相亲相爱，又那样见义勇为，便想：何不变成白天鹅自由自在地生活、自由自在地飞翔呢？于是他们放弃了挣扎，与白天鹅一起在湖泊中畅游。从此，每年的盛夏甚至是落雪的日子里，在碧波万顷的湖泊上，常看到一对对美丽的白天鹅自由自在地嬉戏。人们说，那是白天鹅在向相亲相爱的人们表示祝福和祝愿呢！

听我讲完了赛里木湖的传说，客人们静静地品饮着飘香的奶茶，长久地默不作声。忽然，戴眼镜的B市政协秘书长说："多么动人的传说啊！这么美丽的地方，又有着这么动人的传说，历代文人墨客们留下什么诗句没有？"

"有，听我慢慢道来……"

诗情画意中的赛里木湖

我喝了碗奶茶，便细数起了诗情画意中的赛里木湖。

赛里木湖海拔2072米，比著名的高山湖泊天池还高，是新疆海拔最高、面积最大的高山湖。她的周围绿草如茵，牛羊成群，炊烟袅袅，自古以来就是优良的牧场，也是商旅、过客和远征将士由天山北路出入伊犁河谷，东去长安、洛阳，西去波斯、罗马的必经之路。文人墨客们路过此处，也留下了不少优美的文字和诗句。

一

看着客人们静静地听我叙说，我愈加认真起来，加重了语气说道："据专家考证，最早在赛里木湖留下诗文佳句的是西周的周穆王和西王母。传说中的瑶池就是我们面前的赛里木湖。旖旎无比的赛里木湖风光，使周穆王乐不思蜀了，当然，他也被西王母美丽的姿色打动。但由于国事繁忙，在手下人的一再催促下，周穆王不得不离开。西王母也被周穆王的痴情打动，在周穆王离开的时候，留下了这样的依依不舍的诗句：

白云在天，丘陵自出。

道里悠远，山川间之。

将子无死，尚复能来？

周穆王听了深受感动，即席唱和：

子归东去，和洽诸夏。

万民平均，吾顾见汝。

比及三年，将复而野。

遗憾的是，三年以后，周穆王因为种种原因，没有再来会见西王母，只留下这两首千古传诵的佳句，给予人们无限的遐想。"

"郭主任，我们到天池时，那里的人说，周穆王与西王母相会在那里。青海的人说，周穆王与西王母是在青海湖相会的。到底哪一个比较准确？"

我心里真是佩服B市政协秘书长广博的见闻，猜想他可能是学历史的。

"秘书长，你一定是学历史专业的吧？"

"没错，是西北民族学院历史系毕业的。"

"那你一定知道，瑶池到底在新疆的什么地方，史书上并没有详细的记载，就是相会的具体情况也没有明说，对吧？"

"是的。"

"所以千百年来，史学家们一直争论不休。我看，到底在哪里并不重要，每当你到了新疆，遇见了这样美丽的'瑶池'的时候，你能想起三千多年前的周穆王与王母娘娘说不定就是在这里相会的，并且能进一步唤起你一些美好的遐想就可以了 …… 不过，依我之见，天池在孤独的深山里，且地域狭小，交通不便，不大可能是相会之处。青海湖古时人烟稀少，气候恶劣，也不大可能。唯有新疆的赛里木湖，这里可是古丝绸之路的要道啊！而且新疆与中原来往得很早。据说，黄帝的妻子，那个教人民采桑、养蚕、制衣的西陵氏祖，就是我们新疆人。"

二

"噢，这倒也是。那么，以后的呢？从那以后还有什么诗文佳句吗？"

"秘书长的兴趣真是广泛。呵呵，以后有明确的文字记载的就是成吉思汗时期的丘处机了。"

"呵呵，郭主任一下子把两千年的历史给减缩掉了。"

"哈哈，那是。因为就我所具有的那点知识，我没有看到这期间有哪些文人墨客在这儿留下什么诗词佳句。以前他们主要生活在河西走廊一带，就是你们现在的甘肃。后来为匈奴所迫，伊犁河流域的马被汉武帝称为'西极马'，他曾有诗曰：

天马徕兮从西极，经万里兮归有德。

承灵威兮降外国，涉流沙兮四夷服。

但汉武帝为了联合乌孙打击匈奴，把江都王刘建的女儿——十八岁的细君公主嫁到这里，她在这里生活了五年便去世了，年仅二十三岁……"

"噢，什么都没有留下？"

"留了，留了一首诗，我称之为千古绝唱《悲秋歌》：

吾家嫁我兮天一方，远托异国兮乌孙王。

穹庐为室兮毡为墙，以肉为食兮酪为浆。

居常土思兮心内伤，愿为黄鹄兮归故乡。

这首诗收录在《汉书》中，当年在长安城广为传唱。"

我说到这儿，忽然说不下去了，因为我发现大家默不作声，有的人眼里还噙着泪水，不知是因为细君的那首诗，还是因为细君不幸的遭遇……

"细君当年来过这里吗？"

"我无从考证，因为我不是历史学家。但我想，细君当年生活过的地方就是现在的伊犁河谷草原，包括在哈萨克斯坦境内的巴尔喀什湖和在吉尔吉斯斯坦境内的伊塞克湖。当然也包括现在的赛里木湖，她肯定来过这里。但我想，任何人来到赛里木湖都会因为她的美丽和博大而忘却一时的烦恼或痛苦的，可是细君不行……"

"郭主任一会儿像历史学家，一会儿又像文学家，哈哈……"秘书长这么一说，大家都从刚才的沉闷中缓过气来，哈哈大笑起来。一会儿，又兴致甚浓地要我讲下去。

三

我咕噜地喝了一大碗奶茶，品了品奶茶的余香，接着说下去：

"汉以后，中原地区大乱，数百年难以平静。这期间发生的事，史书上没有过多地记载。到了伟大的唐朝，这里与内地的联系才又进一步密切起来。据我所知，唐朝的著名诗人骆宾王、王昌龄、岑参、李益等，都来过新疆，留下了雄奇、美丽的诗篇。至于他们来没来过伊犁河谷，我不知道，我只知道李白的童年就是在伊犁河谷度过的。郭沫若说李白就出生在巴尔喀什湖畔的碎叶城，前两年有记者去那里采风，那里还存有唐朝时的城堡的遗迹。只是那里的人怎么也不愿意相信。但我相信，你们看看，中国几千年的文学史中，有哪一个诗人像李白那样豪放、自由、洒脱、浪漫呢？没有，只有李白。为什么？就因为李白身上拥有西部人的性格特点，所以他写出的诗才有巍巍天山豪情雪的色彩。所以我建议你们到了伊犁后，多喝些伊犁河的水，喝了说不定都能写出几首像李白那样的诗的。"

我的话刚一落地，大家哄然大笑起来。

四

大家笑过之后，我又接着话题讲：

"后来，长春真人丘处机当时应成吉思汗的邀请，由山东经蒙古、新疆前往撒马尔罕，路过赛里木湖，为赛里木湖的清澈和蔚蓝所吸引，他称

赛里木湖为'天池'，是从天上掉下来的一泓湖水。他的弟子在《长春真人西游记》中描述此湖'圆凡二百里，雪峰环之，倒映池中，师方名之曰天池'之后，赛里木湖随着《长春真人西游记》这本书而为天下的读书人所知晓，自然相关诗文就多起来了。这些，恕我不一一列举了。

"进入现代文明社会，著名的老作家碧野描述过它。我上中学时读过他的一篇散文《天山景物记》，就对赛里木湖做过非常美的描述。上海作家赵丽宏20世纪80年代初写过一篇散文《赛里木湖印象》，我们新疆的大诗人周涛写过一首诗《赛里木湖的传说》……"

"郭主任，与你讲的传说一样吗?"

"哈哈……不太一样，那是诗啊，特别美。我记得头一句就是:'这湖水，是深蓝深蓝的，像是谁在碧波里倒进了浓墨。牧民说它是草原的眼睛，那眼神啊，真是深不可测!'

"郭主任，我们看你像学历史的，又像学文学的，这一路上我们看你一直比较沉稳，办事细致、周密，政治素养也比较高，现在看来，你又像作家和诗人。没事儿，说说吧，大家都是自己人，说完了出去就忘了。"

"哈哈……"我大笑不止，不知说些什么好。最后我只好说:"我是师范学院毕业的，学的是汉语言文学，当过许多年老师。说故事是我的强项。我业余时间的唯一嗜好就是读书和写作，最早写诗，后来主要写散文。"

"出版过集子吗?"

"出版过一部散文集《远逝的牧歌》。"

"写过赛里木湖吗?"

"没有。"

"为什么?"

"赛里木湖太美了，太神奇了。小的时候我就听大人们说，赛里木湖神奇无比，谁也不敢靠近它。说是最深处有90多米，但谁也说不准，因为只要稍微靠近湖中心一点，所有的仪器都会失灵，测不出来。据说20世纪50年代有苏联专家乘汽艇考察赛里木湖，走到湖中央，被湖水吸了进去。后来再没有人敢靠近它。所以我对它一直很敬畏。而且长大后我知道有那么多的文人写过它，我哪儿敢啊？给你们瞎说一下还行。"

"郭主任，别妄自菲薄，就把今天说的写下来就行，保证有许多人爱看。"

"是吗？哈哈……"

五

"郭主任，问最后一个问题：赛里木湖的水为什么那么蓝，湖水里有鱼吗？"

"赛里木湖呈卵圆形，是一个内陆湖。千百年来，过往的文人墨客、将军征夫，留下了不少记载，可是仔细阅读这些文字的时候，有一个相同之处，就是此湖是死水一潭，没有鱼虾游动，没有水鸟飞翔，也从来没有看到过白帆点点、渔歌互答的情景。为什么？因为湖中没有鱼虾。近代考察的结果是：赛里木湖周围的山地均由古生代岩层构成，其中不少地方石灰岩裸露，因而潜水和裂隙水溶入了大量的碳酸钙，这也是湖水为什么那么湛蓝、清澈的主要原因。赛里木湖因水中含盐量较少，属微咸湖。但在靠近湖岸的几百米处有较淡的潜水注入，浮于湖水上层，因此牛羊都能饮用。特别是在湖的东面，潜水量大，那一带基本都是淡水。因而自20世纪70年代开始，人们在湖中进行冷水试养鲤、鲢、鲫、高体雅罗鱼、贝加尔雅罗鱼等，已成功繁衍开来。所以现在天鹅、斑头雁、白眉鸭等水禽成群嬉戏、啁啾，充满了盎然生机。"

说到这里，饭菜端上来了。有野韭菜、野青菜、野葱等，均是绿色食品，服务员说是赛里木湖周边草原上的野生植物。还有鱼，是赛里木湖

放养的冷水鱼 —— 高白鲑。大家尝了几口，便纷纷称赞好吃，肉细，味香，细细咀嚼，口中余香久久不去。

"如果，当年细君姑娘吃到了这样的鱼，她或许就不会死得那么早了……"

不知谁说了这样一句话，大家纷纷放下筷子，长久地默不作声。

哦，历史啊，就是这样神奇、这样沧桑，这样让人怅惘不尽，这样让人沉思绵绵……

唐布拉的雨

百里画卷唐布拉，是伊犁草原上的明珠。因为那里的地形像一枚巨大的印章，因而最初来到这里的蒙古人便称这里为"唐布拉"，为"印章"或"玉玺"的意思。据说以往草原上的战争，其他的地方可以丢失，唯独这里是不能随意丢失的；倘若这里丢失了，草原上的一切，包括那最崇高的人的灵魂，都将不复存在……

因而，我始终对唐布拉怀有一种特殊的感情，我似乎隐隐约约觉得那里隐藏着我的灵魂，我的纯真、美丽、幽渺、飘逸的灵魂。

那天，我们抵达唐布拉的时候，已是薄雾霭霭的傍晚了，浓密、轻柔，如纱一般的铅云，已经遮盖住了山峦，遮盖住了那郁郁苍苍的松林，我们的眼前一片茫然。抑或是唐布拉位于天山深处海拔较高的缘故，那铅云似一个硕大的帐幔，沿着那静静流淌的喀什河水，沿着那高山、草原和那条笔直的通往乔尔玛的公路，悄然无声地铺盖过来。于是我们的车便好像在云雾里飘着，轻悠悠的。车窗的玻璃上，不知从何时起，已被星星点点的雨水轻柔地粘连住了，朦朦胧胧，我的心忽而愉悦，忽而又茫然寂寞起来。

说愉悦，是因为我自小对雨就有一种说不出的喜爱之情，记得四五岁时因为出麻疹，妈妈把我拴在屋里不让我出门，还让我戴了一副眼镜，说是预防眼病和脸上长麻子。我不懂，也实在憋得慌，有一天下雨，看着那哗啦啦的小雨点从那灰蒙蒙的苍穹里密密麻麻地落下来，觉得特别兴奋，

便乘妈妈不留神跑出来，在雨地里欢天喜地地一边跑一边喊："雨啊雨啊大大地下，精尻子娃娃不害怕。"后来虽被妈妈拽回去一顿痛打，但我仍然喜欢雨，喜欢阴阴沉沉的下雨天气，喜欢那窸窸窣窣、哗哗啦啦的声音，喜欢下雨时看院落里细细密密的小水泡儿。

　　在我书写的几十万字的文学作品里，仅是写雨的文章就不下十余篇，即便不是写雨的文章，也多半是雨天里写的。雨天里有一种寂寞，雨天里有一种苍凉，雨天里有一种说不出的惆怅，雨天里有一种难以抑制的情愫。当然更多的是我自以为写得比较满意的一些文章，均是在雨夜里写的。雨夜里有一种氛围，一种可以与天、与地、与远在他乡的朋友和亲人对话、交流的氛围。那氛围是静悄悄的，那话语是娓娓动听、泉水一般从心底流淌出来的。那时候，心灵的世界仿佛飘着轻盈、透亮、柔柔的小雨点，自由而畅快，活泼而愉悦，似乎一时间和广袤的宇宙连接在了一起：那林子里的鸟儿在雨天里是怎样度过的呢，它们会被淋湿了翅膀不再展翅高飞了吗？那荒原里的这样、那样的小动物们是如何躲避风雨的呢？几天几夜的雨下着，它们会到哪里去寻觅食物呢？还有那些农户，他们那矮小的土坯房屋会在绵绵不尽的雨水中倾塌吗？……我不知道，我只顺着那或极轻柔、或极细密的雨的节奏，在浓得化不开的雨的氛围里，写着只有我自己才能看得懂的文字。我甚至在写就之后也甚为诧异，为何被包裹在雨的氛围之中竟能写出那样轻盈、空灵的文字，以至于有时忘却了那窗外已是风吼雷叫，已是暴雨连天？因此我有时怀疑自己的出生时间就跟雨有着密切的关系，虽说不是在细雨霏霏的春之清晨，也不是在阴雨绵绵的秋之深夜。我是在冬日里出生在西部偏远的戈壁滩上的一座小城。但戈壁滩上的小城冬日里就不会下雨了吗？

　　我清晰地记得，有一年的元旦，小城里就飘起了冬雨，星星点点，苍苍凉凉，打湿了人们厚绒绒的棉衣和棉裤。人们的脸颊上也是湿漉漉的雨水，冻得手心冰凉。所不同的是心里却异样地荡起了一阵阵青烟，雨雾一般，以为寂寞、寒冷而又漫长的冬天即将结束，以为那"细雨鱼儿出，微风燕子斜"的温暖而顽皮的春天会提前到来呢！但那雨水落在地上，旋即成冰，光亮亮、滑溜溜的，以至于许多人行走时不时仰面摔倒，引来众人的一阵哄笑。哄笑中仰看着那高高的白杨树，那枝丫黝黑而又略显红色的榆树、柳树、苹果树，都已挂上了白绒绒、亮晶晶的冰凌。啊！一派北国风光又霎时呈现在眼前。那时的你，忘记了疼痛，忘记了脸红，只顾着欣赏那美丽的画面了……

我因此断定，冬日里的雨再怎样寒冷，它也是有趣且令人愉悦、兴奋的。我于是问妈妈：我出生的时候下着雨吗？

妈妈瞪大了眼睛，不知如何说是好。半晌，才说：你出生的时候是个寒冷的冬日，大雪已铺天盖地，脚踩上去咯吱咯吱地响，那时哪还会有雨啊！说着妈妈爽朗地笑了起来，笑得眼泪都从眼角流了出来。接着，妈妈又说：只是一个月后的一天夜里，你不知为何发起烧来，不会哭，不会笑，脸紫紫的，我摇醒你爸爸，你爸爸说不会有啥事。但我越看心里越慌，就抱着你往医院跑去。那是个寒冷的冬夜，出门不远就是荒凉的戈壁滩啊！我抱着你一直跑着，跑着，大街上一个人也没有，黑咕隆咚的，漆黑一团，只有我的脚步声和急促的喘气声。我跑到了医院，叫醒了医生，那姓王的老院长亲自为你坐诊，他用一根很长的针从你脊背上扎进去，不知做什么。很长时间，你那青紫的脸才漫上血色，然后大哭起来。后来你爸爸来，说那是抽骨髓，与人大吵了一架。1974年我去克拉玛依的时候，那位老院长还问起你：你那孩子怎么样了啊？……

哦，冬日、冬夜，我不哭了，我不闹了，我的脸青紫青紫的，妈妈一个人抱着我，在漆黑的冬日冬夜里气喘吁吁地跑着，跑着……

"到了到了，下车吧，下车吧！"不知谁这样喊着，把我从回忆里唤醒。

夜里，我们居住在一个名叫"阔尔克"的避暑山庄里。据说，骑马翻山越岭在这个依山傍水的山庄的后山上走半个多小时，会看到一片清澈的

天然雪水湖，湖水湛蓝，倒映着皑皑雪山，倒映着郁郁苍苍的雪岭云杉，悠闲的牛羊散落在湖边，或啃食、咀嚼着青青绿草，或舒适地卧着，静静地望着那湖、那树、那皑皑的雪山。不时有洁白的天鹅和灰色的大雁飞来落脚于湖面上，它们互不干扰，相安无事，静静地享受着这种生命中无限美好的时光。因而那湖名叫"阔尔克"，是游牧在这一带的哈萨克牧民起的，意为"美丽的湖"。于是这避暑山庄翻译成汉文，就应叫"美丽的避暑山庄"了。

是这样啊！那我们岂不是居住在美丽的湖上了吗？我一时觉得我们居住的房子真像一艘小船儿，在湖面上轻悠悠地飘着。真的，真的像一艘小船，因为雨在夜里更加喧嚣，只是这雨不像在城里，落在硬硬的、光秃秃的屋顶和水泥路面上，噼噼啪啪响声一片，在这里，她们是落在高高的青草和绿叶上，落在郁郁苍苍的松林里，落在奔腾的喀什河里，自然是悄无声息了。是的，这时的草原真像母亲一样敞开着胸怀，接纳着上天的恩赐。

但不知为何，越是这样悄无声息，我越是难以安睡，大脑竟是那样清醒，一会儿是美丽的湖泊，一会儿是寂静的草原，一会儿是那喧嚣的喀什河水，一会是那个遥远的冬夜，母亲抱着我在漆黑的夜里跑着，我仿佛听到母亲的喘气声，仿佛看到母亲那一颗急切而快要跳出来的心。奇怪，二十多年前，当母亲向我讲述这一切的时候，我竟感到是那么遥远，那样虚无缥缈，那样让我淡漠而无动于衷，记得我当时听了只是淡然地笑着；爸爸听了笑着说，别听你妈胡说，好像她多辛苦似的。现在，母亲和父亲都不在了，这一切竟是那样的清晰，仿佛就是在昨天发生的一样……

是的，以往的日子里，我渴望着自己能够到大江大河里畅游，看不到，即使看到了也不愿多看几眼那汇成河流的远方的涓涓溪水，是怎样不舍昼夜地向远方的大江大河提供着她的全部。现在，我在唐布拉，在伊犁河的支流——喀什河上游的一个名叫"阔尔克"的避暑山庄里，聆听着窗外淅淅沥沥的雨声，心竟是那样的宁静而苍凉。我似乎终于看清了自己灵魂深处的世界，竟也有淡漠甚或是麻木不仁、不屑一顾的时候；看清了以往的岁月里被自己浪费掉的大好的时光，尤其是和母亲、父亲在一起的那些美好的日子。是啊，倘若不是因为母亲，哪有我对雨，以及对大千世界的诸多美妙的感受啊！我是多么希望时光能够倒流啊！倒流到那涓涓溪水的日子里去啊！那些日子里，父亲依然是那么和蔼可亲，母亲还是那么年轻、那么美丽，充满着朝气，有着感人心怀的笑声，只是别再那样抱着我，在没有路灯、没有月光、没有树木、空旷无人的大街上跑着，跑着……

想至此，我心里泛酸，眼泪恣意地流淌下来，为母亲那一颗博爱而勇敢的心，为自己那曾有的淡漠、灰暗而又自私的灵魂，还有那苍凉如水、一去永不复返的美好时光……

翌日，天在灰蒙蒙的云雾中亮了起来，树木野草湿漉漉地弯着腰，耷拉着脑袋，只有那棉絮一般的云儿，轻悠而闲散地跨过那清澈的喀什河，缓慢地向那连绵起伏的山峦爬去。

唐布拉，我在那年八月一个名叫"阔尔克"的避暑山庄里，聆听了一夜的唐布拉的雨。

阿尔斯郎

在新疆生活的这些年里，我常常对一些朗朗上口的人名、地名萌生兴趣。比如吉里格朗，蒙古语意为"幸福的河流"；古丽斯坦，在维吾尔语中是"花城"的意思；乌拉斯台，在蒙古语中是"白杨树沟"的意思……

这样的地名形象而生动，一提起，脑海中霎时间便会浮现出潺潺流淌的河水、五彩斑斓的鲜花、哗哗地响着的郁郁葱葱的树木。

这回，我要去的一个地方叫"阿尔斯郎"。

阿尔斯郎，多么响亮、上口的一个名字！记得十余年前我读过一篇散文《重归阿尔斯郎》，或许是那篇文章酣畅而优美的文笔陶冶了我的性情之故，也或许是"阿尔斯郎"叫起来响亮、清脆、动听的缘故，我深深记住了这个地名。它位于伊犁河谷尼勒克县加合斯台乡，是天山脚下一个有着百余户人家的牧业村。

那天，我们乘坐的越野车在白茫茫的雪原上一个沟一个沟爬上爬下地行驶着，后面的一辆桑塔纳轿车还不时陷进雪窝里，非得我们的车辆使劲拉才能继续行驶。

当我们左拐右转爬上一条数百米长的沟壑，又穿过一片树叶早已落尽的空荡荡的白杨树林，便见几幢红砖砌成的瓦房立在面前。家家户户的院落里空空荡荡的，没有一点喧哗声，只有三三两两的牛羊闲散地咀嚼着金黄色的秸秆和麦草，听见汽车声纷纷扬起头来，一边继续咀嚼着，一边瞪大了眼睛好奇地看着驶过来的或红或黑的车。

汽车驶到一处白色的砖混围墙前停了下来，左边有排铁制的栅栏，右边的墙壁上挂着一个铜色的牌子，上面写着：加哈乌拉斯台阿尔斯郎小学。

"加哈乌拉斯台"是什么意思呢？问同来的一个少数民族同胞，答曰：是哈萨克语和蒙古语合在一起的地名，意为"河边的杨树"。

他这一说，我的眼前又闪过刚才见到的那些光滑、挺拔的白杨树。白杨树是新疆极普通的一种树，它随处可见，只要有人家，只要有潺潺的水流过，河两边或河滩上就会有白杨树。春天的时候它翠绿而挺拔，夏天的时候它挡风遮雨，秋天的时候它金黄一片，即使冬天它也显露着苍劲的筋骨，直刺苍穹。而牧民的家园大多是靠白杨树支撑起来的，他们喜欢找有白杨树的地方安家，即使没有白杨树，他们来了也会在房前屋后种起一棵棵白杨树。不是有一首唱遍大江南北的歌《一棵小白杨》吗？这首歌唱的就是伊犁哈萨克自治州塔城地区某边防哨卡，而歌中唱的那棵小白杨树就是一位伊犁河谷的农村妈妈带给在部队的儿子种植在哨卡边上的。我在1999年的夏天去过那里，那时那棵小白杨树已长成胳膊那么粗了。白杨树像一个哨兵，陪伴着一代代的边防军人，守护着祖国的边疆。白杨树是伊犁各族人民的挚爱啊……

正想着，一阵"叮铃铃"的铃声响起，随之两幢白色水泥砖房的所有房门被撞开了，"哗"地涌出一群群活蹦乱跳的孩子。他们像春天的燕子一样，欢快地笑着、跳着、喊着、叫着，使寒气弥漫的雪原顿时充满了生气。

孩子们身穿五颜六色的羽绒衣，也有的穿着蓝白相间的学生服，里面套着白花花的羊皮袄，一个个小脸上堆着灿烂、可爱的笑容。

这是一所哈萨克小学。6个年级6个班，全是哈萨克族小孩。据我所知，十多年前，哈萨克族牧人的孩子大多不能正常读书。他们随父母随水草而居，或在高高的山梁上，或在郁郁葱葱的林间，或在那个避风而牧草丰厚的山窝里，虽然自由而烂漫，但终究无书可读，要读书就得骑马或步行几十里的山路，倘若学校实行寄宿制的话，一个星期可以来回一趟，倘若不是，那就得天天跑了，辛苦不说，主要还是太艰难了，常常是顶着星星出门，披着月亮回来，碰到大风天或雪天，迷了路，大人还得四处寻找。

如今好了，改革开放这些年来，在政府的大力帮助下，他们的父母逐渐定居下来，政府在他们家门前办起了学校，我们所见的这两幢砖混水泥砌成的房子，就是前两年建的。

走进窗明几净的教室，漆黑的黑板上用哈萨克文和汉文书写着的："我们伟大的祖国，我们向你致敬！"旁边画着一面鲜艳的五星红旗。这个时候的我，心里暖洋洋的，有一种说不出的欣慰感。改革开放的硕果已在偏远的农牧区显现出来，牧人家的孩子再不会为上学路远而犯愁了，他们像城里的孩子一样，沐浴着阳光雨露，欲展翅飞翔，他们代表着一个民族的未来，代表着一个国家的兴旺和发展的前景……

"叮铃铃"，一阵铃声响过，孩子们又潮水一样涌进来，噼里啪啦地忙乱了一阵，而后端端正正地坐在座位上，瞪着一双双好奇而又稚嫩的大眼睛看着我们。我想，他们一定是这么久以来第一次见到有这么多的车、这么多的人来到他们这个小地方 —— 阿尔斯郎，来到他们这所小学 —— 加哈乌拉斯台阿尔斯郎小学。而且我忽然发现，他们那一双双好奇的大眼睛，有的乌黑明亮，似一汪黑幽幽的潭水，有的则是蓝灰色或金黄色的，如玉一般，如大海一般，一闪一闪，像轻轻吹起一股蓝色的风。我记得一位学者说过，伊犁是古代中国与欧洲交汇的地方，那种文化的美妙结合，常常会从后人的皮肤、头发、眼睛里闪烁出来。伊犁真是一座宝库啊！

写到这里，我忽然想起前不久参加的一次有意义的活动，那是在伊宁市塔塔尔族学校被作为非物质文化遗产单位给予保护的挂牌仪式上。那天闻讯赶来参加的人来自多个民族，大多碧眼、金发、高鼻梁。他们说，早年在这个拥有80多年历史的学校接受过教育。年轻一点的，都称自己是塔塔尔人。塔塔尔族是祖国56个民族之一，在新疆有5000多人。集会上，我见一个黑发、黑眼睛、高鼻梁的小伙子，我说你不是塔塔尔人吧？他笑着说：父亲是，母亲是维吾尔族。他见我笑了，又慌忙补充道：怎么办呢？塔塔尔人越来越少，你总不能不让我们结婚吧？我听了哈哈一笑，他也哈哈地笑了起来。

当那些哈萨克族年轻的教师们知道我们是来做九年义务制验收、检查工作的，眼睛里即刻放出闪亮的光芒来，他们毫无困难地用汉语和我们交流着，我因此知道，他们的教学活动还是与城市里的学校有所区别的。这种区别在于，他们在秋天天冷的时候把随父母放牧回来的孩子集中起来，一直学习到来年的六月下旬。这个时候，一年的学业已经完成了，天气炎热，酷暑难耐，于是孩子们便和父母一起，驱赶着牛羊，晃晃悠悠地哼唱着悠扬的牧歌，步入绵延无尽的茫茫大山里去了。绵延起伏的苍茫天山啊！那里天空碧蓝，白云飘飘，有苍鹰久久地在天空中盘旋；那里绿草茵茵，泉水潺潺，各色野花开遍高山和峡谷；那里有郁郁苍苍的深黛色的雪岭云杉，雪岭云杉上面是皑皑的雪山，那里有耀眼的阳光，有缠绵、洁白的云朵。雪山下的森林里有凶猛、灵巧的雪豹，到了夜色沉沉的时候，也有野狼的嚎叫。不过不用怕，哈萨克人有牧羊犬，只要羊群不走失，狼是不敢靠近的。

我这样听着、想着，似乎忽然明白了一个道理：哈萨克人为什么那么纯朴、善良，热情好客？为什么他们自古以来就崇拜大山，仰慕英雄，血性和气质如天山上的冰川一样？我想，这或许与他们的生活习性有关，因为他们始终不愿意离开大山和草原，始终与大自然相伴，他们是大自然，大自然就是他们。大山给了他们强劲的翅膀，草原给了他们辽阔的心胸，

雪山给了他们圣洁的灵魂，河流给了他们动听的琴声……

琅琅的读书声响起来了，我脑海中又忽然间闪过几个字：阿尔斯郎。阿尔斯郎，狮子一样的石头，一个多么富有想象力而又如英雄般的名字啊！

鸿雁啊，天空有多遥远

鸿雁天空上，

队队排成行。

江水长，秋草黄，

草原上琴声忧伤。

鸿雁向南方，

飞过芦苇荡。

天苍茫，雁何往？

心中是北方家乡。

这歌声令我在泪眼蒙胧中沉醉。那曲调悠长而苍凉，似乎是在黄昏时的草原上望着一行行飞翔的大雁寄托着一种情思。大雁渐飞渐远，月亮升起来了，他们的情思和着那声声雁鸣，在月夜中低诉。他们心中的情思啊，好像那苍茫的天宇，辽阔无边；好像那无垠的草原，荡漾着绿色的波浪；好像是那草原上蜿蜒流淌的河流，不舍昼夜地奔向大海。歌声中，那无边的马群和羊群潮水般涌来，雄奇而壮观，似乎带着一种欢乐和自豪，似乎又有着一种说不出的苍凉的美，而且透着一种丝丝缕缕的悲壮之情……

这样的歌曲，听到最后，一汪汪的泪水总是情不自禁涌出眼眶，为什么？我自己也说不清楚。自童年时从毛泽东的《沁园春·雪》一诗中知道成吉思汗以来，我就非常崇拜这个马背上的英雄，常常沉浸在他那一段辉

煌而又悲壮的历史沧海里。我有时这样想，当年我闯荡内地又返回来，可能就是因为我离不开草原，离不开草原上那袅袅的炊烟，离不开草原上那飘香的奶茶，离不开草原上那悠扬的牧歌。

我清晰地想起那年夏天的一个傍晚，我陪着一位蒙古族领导来到天山深处的巩乃斯林场。那是天山西部最大的一片林海。那里有世界上独一无二的雪岭云杉，千百年来，它们默默无闻地立于崇山峻岭之中，高大而笔直，层层叠叠，排排翠浪直涌向皑皑的雪山。在海拔5000多米的那拉提，一条水系分成了两股：一条向西经那拉提草原流向巩乃斯河，最终流入伊犁河；一条向东经巴音布鲁克草原，流向尤勒都斯盆地，注入博斯腾湖，又从博斯腾湖流出，成为孔雀河，最终流入塔里木河。而土尔扈特部落回归后，渥巴锡的那一支就繁衍生息在这天山环抱的尤勒都斯草原上。

那天晚上，我们与七八个蒙古族朋友聚在一起。

他们都是土尔扈特蒙古人，能歌善舞。那位当过地区专员的领导是我见过的少有的喜欢读书的领导，蒙古文、汉文全能熟练运用，喜欢唱流行歌曲，似乎脑海中就存有碟盘，他一口气能唱200多首流行歌曲，而且大多数是当今歌坛上流行的蒙古歌曲。他唱歌不需要伴奏，歌喉虽不润泽，但音质动人，音域虽不宽广，但极富个性。而且他对歌词记得特别牢，让人很是佩服他的记忆力。有时他可以现场自编自唱，营造着一种浓浓的活泼、愉悦的氛围。

所以，那天的晚餐也是在歌声中开始的。一首首流行歌曲唱下去，他们忽然讲起了祖先英勇、悲壮的历史和传奇般的故事。这个时候，我看到他们的脸上充满了自豪之情，但也有着一些落寞和苍凉。特别是讲起渥巴锡率领土尔扈特人的东归，一位当医生的中年蒙古族男人说："我的祖父说，东归时有17万部众，但万里归来后只剩下7万余人。当这7万多人衣衫褴褛，面容憔悴，远远望见波涛滚滚的伊犁河面上闪着银色的波光时，不知谁先'哇'的一声哭了起来，几万人疯了一样地扑向了伊犁河，长跪河边，号啕大哭。那一刻，伊犁河为之动容，掀起巨大的波涛……"

说到这里，大家都静默无声。一位面容宽阔、脸色微红的男子低着头，微闭着双眼，忽然唱起了蒙古民歌。他先是哼唱，一股细细的笛音一般绵长的调子在蒙古包里响起，像一股山泉从高山上、密林和峡谷中丝丝缕缕地流出来，进而渐渐嘹亮，悠长而动听。唱着唱着，像是序曲结束，终于拉开了幕帘，于是便放开喉咙悠扬地一唱三叹。那歌声浑厚而纯朴，深沉而悠长，回荡在蒙古包里，又从蒙古包里传出去，在幽幽暗暗的夜色里回荡，我似乎觉得那些已熟睡的牛、羊、马群，听着这歌声睡得更安详了，因为他们知道，蒙古人是最懂得爱护它们的。我虽听不懂那歌词的内容，但我感到他是在用心、用尽全身的力气在唱。因为这个时候，那声音已不是从喉咙里发出来的了，而是源于灵魂深处。我感到他已经进入一种无我的境界，如醉如痴，身子随着头颅不时摇晃，而眼睛始终微闭着。他是在追思先人的业绩？是想起了那遥远而辉煌的历史？是在诉说着生命中的一些无奈、苍凉和悲壮？还是在想念那流泪挤奶的额吉，或翘首期盼丈夫归来的妻子？抑或是在生命的时光里陪伴他们在血色的黄昏里北归的鸿雁？我不知道，我只知道那歌声苍凉而悠远。我好像随着那歌声来到了辽阔而丰饶的伏尔加河草原，又仿佛行走在那白雪茫茫的东归路上，那横尸遍野、前仆后继、不屈不挠、英勇而悲壮的情景让人不禁泪眼蒙眬。我想，蒙古民族似乎天生就是一个英雄的民族，那发自胸臆的歌声，或许就包含着这个民族的英雄的历史，载着这个民族英勇而悲壮的灵魂在天地间飘荡，因而那歌声仿佛能传到无边无际的远方……

一曲歌罢，大家仍是默不作声。我禁不住好奇地问："为什么蒙古民歌特别是一些长调听着让人觉得那么悲凉，好像把人的心窝窝都穿透了？"

一位戴着一副宽边眼镜像是学者的蒙古族朋友说："我们的民歌之所以苍凉而悠长，含着似乎无法用语言说得清的苍凉和寂寞，我想，是因为我们这个民族对生命有着独特的感悟，有着一种整体性的审美体验。你听过这样一个真实的故事吗？蒙古'长调歌后'宝音德力格尔曾经讲过她亲历的一件事：她七岁多的时候，有一回父女俩被几头野狼围住，情急之下，双目失明的父亲拉起了马头琴，她唱起了《辽阔的草原》。狼群停下脚步聆听，或许它们听懂了那歌声的含义，慢慢掉头离开了。"

他讲完这个动人的故事，又说："我们蒙古人相信，我们民族的民歌是伟大的，也是神奇的，它不仅能感动肺腑，而且能打动动物的心灵。这不是夸张之词，也不是偶然的传说。著名的长调作曲家、研究家莫尔吉胡对此也有过亲身经历：生第一胎的母骆驼和母羊往往不知道去奶孩子，这时牧民们就要唱起劝奶歌。那歌声悠扬、哀婉而充满温情，他亲眼见过母骆驼听了劝奶歌后掉下泪来，那场面真是感人。"

你听过《孤独的驼羔》这首歌吗？他问我。他见我摇头，便开口深情地唱起了："寒冷的风呼呼吹来，可怜我驼羔在野地徘徊；年老的妈妈我想你啊，空旷的原野上只有我一人在！"我从这悠扬、动情的歌声中听出了草原的辽阔、自然的永恒、岁月的漫长、人生的短暂与对人类命运的思考。是的，蒙古民族是世界上少有的具有史诗般抒情性的民族。唯有这个民族，才具有那样的大迁徙中的英雄气概和英雄壮举。我的灵魂仿佛一时间回到了生命的本质状态。一个人活着，是否就应该有一点精神呢？

写到这里，我的耳畔又想起《东归英雄传》中的那首《鸿雁》：

鸿雁，向苍天，

天空有多遥远？

酒喝干，再斟满，

今夜不醉不还。

酒喝干，再斟满，

今夜不醉不还……

　　歌声里，我似乎看到那些英勇而又勤劳、质朴的蒙古人，他们赶着马群和羊群在草原上逐水漫游，在寂寞中时而仰望着苍穹，时而放开歌喉唱着悠扬的蒙古民歌。是啊，天有多高远，蒙古人的心胸就有多宽广，因为他们的情思悠远而绵长，他们是飞翔的美丽鸿雁。想着那首歌，我似乎忘却了自己身在何处，仿佛与那鸿雁一起在天空中飞翔，与那茫茫的草原融为一体，与那久远的历史融在了一起……

雪山的长夜

前两天,《伊犁日报》副刊的编辑约我写一篇年终稿件,可是几天下来我一个字也写不出。一是这些天实在是忙碌,思绪纷纷,难以平静;二是我向来不大喜欢"命题作文"(暂且称这样的稿件为"命题作文"吧,请求编辑原谅),因为我写作一向凭着个人的情致和兴趣而为,这样写起来比较畅快、自如,而命题作文常常让我一筹莫展;三是我对富有象征意义的时间概念向来不大敏感。前些年,即要跨入21世纪的时候,一时间国内、国外全在谈论这个话题,以为那个时间的来临或跨过那个时间,一定会怎么样。但实事求是来讲,大自然容颜依旧,生活还是原来的模样,只不过生活中的许多人当了一回"历史老人"在做着自作多情的事……

哦,这话题似乎要扯远了,还是言归正传吧。眼见着交稿的时间临近了,而我又是一个严守诺言的人,不愿意在这方面自毁形象,但一时又实在找不到写作的感觉。夜里失眠,辗转反侧,索性穿上衣服步至阳台,又默默地望着那座沉默已久的雪山。

那座雪山海拔4257米,高耸着在南天山中部地段一峰独出。山峦逶迤、起伏,一年四季均可见几种不同的颜色,唯独它终年白雪皑皑,庄严、肃穆而冷峻,静静地看着云海和霞光下的河流、树木、农田、牛羊,以及急匆匆地行走的人群。

其实我遥望着这座雪山已经很久了,它默默地注视着我也已经很久了。那年我家搬往巩乃斯草原上的一座小镇居住的时候,我就常常看着这座令人称奇的雪山，它始终像一位饱经沧桑的老人，沉默无言。我那时不十分懂得它，也不理解它，我只是很纳闷，也很奇怪：为什么它终年四季一身雪白？为什么我走了很远回首时，它依然站在那里，默默地注视着我？下乡接受再教育时，我就在它的脚下生活。每天早晨出工的时候，它恬静、温情地望着我；出工回来，我又总能看到它身披绚丽多彩的云霞，在风云变幻中始终默默无语，一脸沉思。夜里，当我辗转反侧为自己的前程冥思苦想的时候，常常拥被而坐，默默地凝视着它：沐浴在皎洁的月光中，它浑身银光粼粼，一朵一朵的白云轻轻缠绕着它、亲吻着它，似乎是在它身上获取了什么力量，又怅然离去。不一会儿便觉月光不见，雪山不在，山上山下云雾弥漫，天与地漆黑一团。俄顷，纷纷扬扬的雪花从银灰色的天际飘落，整个河谷平原便沉浸在雪花飘飘的世界里了。待到晴天碧日，它神清气朗、英姿勃勃地注视着天地间茫茫的白雪。这个时候，所有人的心里似乎都舒坦地等待着春暖花开的季节。那个时候，冰消雪化，大地一片绿草茵茵，牛羊满坡，牧歌声里炊烟袅袅……

就在这种感觉里，我隐隐约约地觉得它身上似乎存有一种非凡的气质和独特的美。我猜想着它应该是大自然至少是伊犁河谷的思想宝库，没有它，雪花将无从降落，河流将渐渐断流，草原将没有生气，牛羊将无处觅食……

这样想着，我于是渐渐崇敬起这座皑皑的雪山来了，以为它是天与地在一年四季中相亲相爱之地。我的一位诗人朋友说得好："雪是天与地千年不变的情语。"进而又想，大自然既然有着神奇的思想魅力，那么什么是我们人类自己的思想呢？我们人类最美的情语是什么呢？思想、物质、精神哪个更重要呢？人在解决了温饱之后便会去寻找自己的精神世界吗？这些年来，历经了一些曲折和磨难，我逐渐懂得，思想肯定比精神要重要，因为思想是精神的源泉，是灵魂的高地。而灵魂就是我们人类自己最美的情语，它是思想与精神结合产生的一种像风一样的东西。而且人们在

物质发展到一定程度的时候，一定会关注自己内心世界的需求。否则一味地为发展而发展，不仅会丢失精神，还会丢失思想和灵魂。思想是上天赋予我们每个人特有的一种权利。但现在我们当中的许多人很少懂得运用这个权利去思考一些什么、提高一些什么、改变一些什么，更无从说创造出什么有价值、有意义的灵魂世界了。

这样想着，便觉得科学发展观的提出实在是合乎事物发展规律的一项创举，合乎人与自然的和谐发展。因而又想，《伊犁日报》特别是它的副刊近年来便在这一思想的指导下，做了许多令人拍手称快的事情。它有着全方位地展示伊犁作家近作的举措，其实就是对伊犁河谷精神文明建设的一次展示，也是对河谷文化人的思想境界的展示；它品评伊犁作家近作的文章，其实就有着良好的艺术导向，引导人们在享受物质成果的时候，如何享受精神上的东西，而后者才是我们人类自己走向文明和进步，不会滑向堕落的真正的铜墙铁壁；它的改革开放30年征文，其实就是对30年来我们为之奋斗所选择的生活道路的一种礼赞，也是对未来美好生活的一次展望和憧憬。我在品读这些作品的时候，深深感受到了波涛滚滚的伊犁河又翻卷起绚丽多彩的晶莹浪花。那是一面应该被高举着的旗帜，是伊犁河在纸上春潮涌动的讯息，是伊犁河谷人的精神高地呈现的多彩画卷。我想，一个人、一个地区的人民甚或一个国家的民族必须有精神高地，便于人们登高眺望。而以文学为代表的一切艺术形式是人的精神生活中不可或缺的东西。丢失了它，对一个人来讲，就是丢失了灵魂；对一个地区来说，就是丢失了软实力，丢失了登高远望的高地。

现在，我静静地凝望着这座仿佛是我的精神高地的雪山，它依然默默地沉浸在银色的月光里，我好像感到有一股清冽的风刺激着它的肌肤，但它毫无反应，依旧默默无语。我沉吟良久，忽然看到在它不远的地方有一颗特别明亮的星星闪烁着耀眼的光芒，是启明星吗？是的，是启明星。这个时候，东方的天际微微发白，雪山的脊梁上似乎被轻轻罩上了一层美丽的云霞，我在沉吟中又忽然感到，生活在伊犁河畔实在是一种幸福。因为我能时时刻刻看到这座雪山，看到它伟岸而挺拔的身躯，看到它默默无语而又冷峻的神态。因此，我把它看作伊犁河的思想者。只是我们要时时保证它终年白雪皑皑。因为在它的周围分布着数条冰川，是伊犁河的发源地。它不在了，拥有"北欧瑞士风光"之称的库尔德宁和那拉提景区的无限风光都将永远不在，伊犁河也将面临枯竭……

这座雪山叫"喀班巴依峰"，是以18世纪一位爱国英雄的名字命名的。那位英雄是哈萨克族，为我们所有中国人所敬仰。

朋友们，当你在未来的日子里张开真诚的双臂拥抱我们这片美丽的国土的时候，必须拥有两只强劲的手，也必须拥有精神的高地。

如是，我得感谢报社副刊的编辑让我拥有了这样一个美丽而又孤寂的夜晚，使我又一次与雪山做了一次长久的对话。

喀班巴依雪峰

在寂静、辽远的天山腹地 —— 巩留境内的库尔德宁，有一座以一位近代哈萨克族英雄的名字命名的雪峰 —— 喀班巴依峰。

喀班巴依峰海拔4257米，是那拉提山脉的最高峰，也是伊犁著名的山峰之一。

沿着伊犁河的支流 —— 特克斯河上溯不远左拐，在一会儿是山峦、一会儿是草原的小道上行驶半个多小时，便进入库尔德宁阔谷。这里山高林密，水草丰茂，原始而又古朴。抬眼南望，茫茫的群山逶迤起伏，之间有一座尖利的雪峰白雪皑皑，银光闪烁，似仰天长啸，巍峨而壮观，这便是喀班巴依峰。

喀班巴依峰山顶的积雪终年不化，其下分布有数条冰川，是库尔德宁河的发源地之一。山上有一丛丛、一片片的雪莲；山腰是层层叠叠、翠浪一般的雪岭云杉，一直铺排到碧绿的山地草原上，夏季里草原上常开有五颜六色的野菊花和一片片红彤彤的野罂粟。寂静时，雪豹、狗熊、盘羊、金雕、雪鸡等珍稀动物是这里的常客，而那高耸入云、白雪皑皑的喀班巴依雪峰，则是许多探险者无限向往的神秘之地。但由于雪峰尖利，即使探险者再有能耐，也鲜有人征服她。

"喀班巴依"是哈萨克语，意为"威猛"。它有着许多美丽的传说，最有名的是关于喀班巴依峰名称由来的传说。

喀班巴依是哈萨克族人民崇敬并赞誉的英雄，原名"艾孜巴查尔"，出生于乃蛮部落哈剌克列氏族世家，是18世纪中叶哈萨克中帐汗国的重要将领，因其骁勇善战，功勋卓著，被誉为"喀班巴依巴图尔"。"巴图尔"意为"英雄"；人们同时还称他为"达拉波子"，意为"雪青马"。雪青马是一种白色的间有少数黑毛的马，有出类拔萃、引人注目、瑕不掩瑜等意思。而哈萨克人民最喜欢的仍然是"喀班巴依"这个名字，赞美他是"勇猛无比的英雄"。

对于喀班巴依这个历史人物，民间传唱的歌中是这样描述的：

你，肯日加利氏族的鲍根巴依，

英雄好汉，名副其实！

但，你在疆场上仅初露头角，

而喀班巴依这位老将，却屡建奇功。

他的长矛早就使敌人失魂落魄。

你，鲍根巴依怎能相比？

歌手对英雄的赞美之情溢于言表，这首歌传唱至今。

两个半世纪过去了，伊犁河草原上依然代代传唱着喀班巴依的英雄事迹。每当哈萨克族群众举办盛大的草原婚礼和传统的摔跤、叼羊等民俗活动时，阵阵喝彩声中，总会有人高声呼唤："喀班巴依巴图尔（英雄）!"以鼓舞士气。

把喀班巴依的名字镌刻在雪山之巅是雪山的骄傲，用伊犁河谷那拉提山脉的最高峰来纪念喀班巴依则是为了彰显草原英雄的荣耀。

圣洁的喀班巴依峰是一处融雪岭风光与民族骄傲于一体的英雄峰。她不仅是当地的哈萨克族人心中的圣地，也是一处绝佳的旅游景点，正吸引着越来越多的游人走近她、拜谒她、掀开她神秘的面纱。

大雪纷飞的新疆之冬，骑马踏雪再进库尔德宁。千里冰封，万里素裹，茫茫雪原中、崎岖的盘山小道上，依然有摄影爱好者远足的身影。伫

立在巍峨、险峻、雪光熠熠的喀班巴依峰下，那个时候，你的心灵定是纯净如一泓山泉。而当你想起那一段并不太遥远的历史的时候，你一定会神情肃穆、壮怀激烈……

好人王守智

纷纷扬扬的鹅毛大雪下了整整一夜，天刚蒙蒙亮的时候，在伊宁市第四中学那幢土平房居住着的校总务主任王守智家的灯亮了。

"又起这么早干啥?"妻翻了个身，喃喃地说道。

"雪下了一夜，得把大楼前的路清扫出来，要不学生来时路不好走。"说着，老王将门吱的一声推开，一股冷风呼地吹进来。他打了个寒噤，缩了缩脖子。

"等一等!"妻手忙脚乱地起来，想做点热汤。

"一会儿回来再喝吧。"说着，老王已扛着木锨踏入茫茫雪雾中。妻手扶门框，望着满天飘飘洒洒的雪花，一颗柔软的心又被丈夫执拗的脾气搅起，往事又出现在眼前⋯⋯

那是1987年的夏天，学校自来水管前的渗水坑又溢满了污泥，污水四处流淌，又脏又臭。去年溢满的时候，找了一个临时工。那临时工挖完后说："呸! 太臭了! 下回给老子二百元钱也不干。"这回怎么办呢? 学校的经费一直紧张，用钱的地方很多，挖一个污泥渗水坑要二百元，那可是一个老师一个月的工资啊! 老王这样想着，回家拿了一根绳子，拴了一只桶，让一人在上面提，自己跳下去，一锨一锨，一桶一桶，干了整整一个下午，回到家里，浑身酸痛，在床上翻来覆去睡不着。妻疼他，但心里又在恨他："学校那么多人都不干，就你逞能!"老王说："我是共产党员，又是总务主任，我不干谁干!"

第二天是星期天，妻早早起来看着仍在熟睡的丈夫，想着上街采购点菜、肉，回来做顿好饭。

晌午，太阳着了魔似的闪动起来，一辆装满煤的大卡车驶进了校园，却没人卸，怎么办？司机急得直跺脚，没办法，又跑去找老王。老王二话没说，喝了瓢凉水，光着膀子，扛一把铁锹，戴一顶草帽，踏着滚烫的热土去了。

盛夏的太阳毒辣辣的，汗水在他那宽阔的额头上直往下流，渗进眼里，涩涩的，揉一下，竟像黑白花牛似的，谁见了谁都想笑。妻回来见他满身煤灰，气得丢下买来的菜、肉，将门"啪"的一摔，进里屋去了，老王在院子里一边拿瓢舀凉水往自己身上浇着，一边笑着说："没办法，人家找上门来，我总不能不去吧？"

"你怎么那么好？别人都不找专找你？又不给你一分钱，你到底图个啥？"

"我是个党员，又是总务主任，哪能事事讲报酬呢？"

妻知道拗不过他，和他结婚快二十年了，哪回他不是这样说："入党时立了志向了，就应该按照誓言去干，要不，那不是弄虚作假，不像党员了吗？"可这几天，老王说困乏得很，让他去医院看一看，他总说没时间，妻想，这回不能再让他。

妻绷着脸从里屋出来，系上围裙，很麻利地忙活了一会儿便把饭菜做好，看着丈夫吃了，第二天便到乡下走亲戚去了。

妻不在的几天，忙坏了老王，他上班忙工作，下班又忙着给几个孩子做饭。一天下午，学校领导叫几个年轻的老师将大楼竣工后仍堆在操场上的一些水泥板抬走，老王也跑来"凑热闹"。领导担心他年龄大撑不住闪了腰，老王笑一笑，拍着厚实的胸膛说："没问题，结实着呢！抬这玩意儿，我有经验，得用巧劲儿。"说罢，他将那粗壮的杠子往自己肩上一放，一声"起——"，便"嗨哟嗨哟"吆喝着。那号子由慢而快，十分有节奏。一会儿的工夫，一块块水泥板便被抬走了，然而老王的号子声渐渐地小了，步伐也慢了，米粒般大的汗珠从他那发黄的脸上一滴滴往下落。

第二天，老王住进了医院，急性肝炎。医生说是累的。老王的妻，听了好后悔啊……

一阵风刮着一团雪雾从院门口吹进来，老王的妻从回忆中惊醒，她觉得脸上冰凉，有一股水在流，不知是眼泪，还是融化的雪水，她赶紧抹了一把，湿漉漉的。说句掏心窝的话，老王的妻很为自己的丈夫感到骄傲，虽说老王只有初中文化程度，可多年来他像老黄牛一样默默无闻地工作着。他没有什么后台，当年正是由于这一身牛劲儿，他这个农民的儿子才被留在学校里工作。几十年了，学校的老师、学生进进出出，可无论是老师还是学生，提起老王都齐声夸赞。这几年，他担任学校总务主任，年年被评为先进工作者。在老王的心里，他觉着他不能教书，就得为老师和学生们服务好，这才是他的职责啊！然而老王的妻子确实担心哪一天丈夫的身体再被累垮。

雪，仍然在纷纷扬扬地下着。老王的妻抽身回屋，围一条围巾，拿一把竹条编织的大扫帚，推开院门。

门外，仍是阴沉的雾气和白茫茫的雪。门前，一条被清扫出的路一直通向学校的大门，但又被轻轻覆盖上了一层薄薄的雪。她弯下腰"哗——哗——"地清扫起来……

信寄乌苏里江畔

　　写了许多年的信给她，却始终写不尽对她的感恩之情。

　　那年我在巩乃斯草原一所镇中学读书，她教我们语文。上第一节课就是考试：听写常用的字词。在那个特殊的年代，"考试"这两个字对于我们已是很陌生、很遥远的事儿了。记得当时我们是用很诧异而又不屑一顾的神情看她的。可当第二天老师公布成绩的时候，我们一个个都傻眼了。念到时任班干部的我，老师加重了语气，说我画蛇添足，弄巧成拙，"纸"字下面多添了"丶"，"低"字下面又少了"丶"，"炕"字写成了"坑"。同学们听了大笑不止。我伏在桌子上，无地自容，第一次感受到什么叫羞愧。此时的我，幡然醒悟：自己的学习竟然退步到这种境地。

　　从那以后，我痛定思痛，开始认真、刻苦地学习了。遵照老师的教导，先从写日记开始，练习各类体裁的文章，又订了一个小本本，收集词汇和生动的语句，同时剪贴自己感兴趣的文章。一年后，一次学工归来，老师让写一篇文章，算作期末考试，我写的题目叫《难忘的一课》，写的是工人师傅如何耐心地教授我们掌握车床操作的事。文章采用的是倒叙手法，在叙述中有插叙，而且注意观察了工人师傅的外在形象，用了白描手法。想不到，老师把这篇作文当作范文在全班进行了讲评。那节课静悄悄的，只有老师那清亮、圆润而又抑扬顿挫的声音在教室里回荡。讲评完后，教室里响起了如雷的掌声。我涨红了脸，低下头听着老师对我的进步给予的表扬和同学们啧啧的赞叹，第一次真切地感受到什么叫"真正的荣誉"。那次考试，我得了94分，全班最高。这份试卷和她在试卷上赠予我的两句话："学海无涯苦作舟，书山有路勤为径。"我一直精心珍藏着、铭记着。后来我考上了大学，并且读的是汉语言文学专业，这与她的影响和教育是有密切关系的。

当然，我也有让老师气恼的时候。一次劳动，一个同学不听我这个班干部指挥，我怒不可遏，与他扭打起来，将他摁倒在雨后的泥水里，引得正在上课的学生齐刷刷地拥在教室窗台上看热闹，只听一声："郭文涟！"我抬头看见窗棂上映出了老师的脸。她脸色铁青，双眉拧在一起，上下嘴唇紧闭成"一"字形。我松开了手，事后还做了检查。从那以后，当我遇到令自己心烦的事情的时候，总忘不了老师那发怒的面孔。如此，我开始逐渐练就了沉稳的性格，这使我在以后20多年的人生道路上走得踏实而不浮躁。

因为这一点，我十分感激她。那年年初，在她50岁生日的时候，我写了一封长信寄往乌苏里江畔一座城市的中学。她也回了一封长信，信中说，离开新疆整整10年了，在这10年里，她无时无刻不在回忆在新疆度过的10年教书时光，那是她一生中最为宝贵、最有成效的10年，怎么能够忘记呢？接着，她又讲起这些年来她在乌苏里江畔工作和生活的故事。读着她的信，我耳边又回响起她经常教我们唱的那首悠扬、动听的《乌苏里船歌》来了，眼前浮现的是老师那亲切、和蔼的面孔，还有蓝蓝的江水，星星点点的船帆和摇着桨、哼着歌的赫哲族渔民……

我想，那人群里也有她辛勤哺育的学生吧！哦，她的学生何止在那里？这些年来，在天山南北，在祖国的四面八方，不都有她的学生逢年过节纷纷打电话或写信问候、祝福她吗？她的学生不都在按着她所希望的那样在改革的大潮中激流勇进，踏踏实实地生活和工作吗？

我就是其中的一个。但愿我的歌声能从这伊犁河畔传播到遥远的乌苏里江畔……

陈桂媛 —— 我中学时期的语文老师。

一幅字书

在我书房里的墙壁上，悬挂着一幅字书：煮书。凡来我家之人，见到这幅字，都要啧啧称赞一番，而每当这个时候，我的心总是沉甸甸的……

那年冬天，我从一篇文章中获知作家茹志鹃的书斋里，几十年来一直悬挂着这样一幅字书：煮书。问其意，答曰：书不仅要读，还要煮，煮之烂熟，方能受益。自此，我很希望得到一幅写有"煮书"二字的书法作品，悬挂在家里，以时时提醒、激励自己勤奋、努力地读书、学习，使自己的人生不至于虚度。

可是，谁肯书之赠予我呢？想来想去，我想起在师范学院读书时班主任祁子祥老师请来的给我们讲书法课的老师——岳绍羲。他，瘦弱的身体、蜡黄的脸，端端正正地坐在那里，如同被执握着的一支笔，腰板挺得直直的。讲课时，虽不停地咳嗽，额头上直往外渗汗，但他一直讲了两节课，令我们肃然起敬。我想，找他一定准行。

那天是腊月十二，天异常的冷，出门进门，都是一团团的雾气。当我敲开他家的门，他正卧病在床，捧着一本厚厚的书，津津有味地读着。见我来，忙起身相迎，让座、拿烟、沏茶，嘘寒问暖。知我是当年他讲过课的那个班的学生，他十分高兴。侃侃而谈中，我了解到，他出生在一个很贫寒的家庭，虽然如此，在粗懂一点文墨的父亲的严格教育下，6岁时就开始习练书法，数十年间，日日练功，从未间断。如今，他的书法已自成

一体、独树一帜，楷书、隶书、行书、草书，样样都有自己的风格特色，在新疆书法界享有一定的声誉。即便如此，他仍然认为"写了这么多年的字，仍没有满意的时候"。问之为何？答曰："艺术创作是无止境的，越学习，越感不足。"

或许是在他成长的那个年月生活比较困难的缘故，他因劳累过度患上了肺结核，遇有天冷气寒，便易复发。那天我去时他依然咳嗽不止。我实在不好开口索要字书，他再三问之，我才说明了来意。他听后爽快地说："好！年轻人就应当这样。你挑选的这两个字也十分有意义，书不仅要读，还要煮，煮之烂熟，方能有所益。"说着他将披着的大衣抖落在沙发上，欲执笔研墨。我见之劝道："老师，您正在生病，等病好了再写吧。"他说："不，现在兴致正浓，日后病好了怕也难写好。"他站直了，找来几张报纸，一边研墨，一边凝眉沉思。先是在旧报纸上一连写了几个"煮"字，一一弃之，最后他铺开宣纸，又是一番凝眉沉思，像是战场上决战前的一员将帅，肃穆而庄严。一会儿眉宇间现出一丝笑意，眼睛里仿佛跳跃出一两点火花，随之运笔落墨。顷刻间，洁白的宣纸上赫然出现两个遒劲而有力、浑厚而古朴、率真而自然的大字：煮书。凝视着这两个字，我的眼前仿佛有一团火在熊熊燃烧，心里温暖极了……

从他家出来，夜色已笼罩着大地。凛冽的寒风吹得我的脸针扎似的疼，手冻得冰凉、麻木，但仍小心翼翼地攥着那幅字书，快快乐乐地往家里赶。到了家，顾不得僵硬如枝的手，将那字书轻轻地摊开，抚平，然后端端正正地悬挂于书房的墙壁上。我当时即刻感到，我那间狭小的土屋霎时间闪出一道耀眼的光芒。

从那以后，每当我下班归来，疲惫的身子正欲倒在沙发上恹恹欲睡，或是吃过晚饭，打开电视机欲作慵懒状的时候，抬头看见这两个字，看到书架上挤得满满的书，作家茹志鹃的话语好像又在耳边响起，老师抱病写字时的情景又历历在目。于是我振作精神，关了电视，旋开台灯，临窗而坐，细细地"煮"起"书"来。

一年多来，我凭着这种"煮"的精神，认真读了几本书，写了一些诗文发表，且工作也有了长足的进步。我想，等我成绩稍为丰厚一些，一定去向老师汇报。

然而，意想不到的事总是突如其来。一天下午，一位友人告诉我：他，永远地走了，是因为肺结核。我听了半晌说不出话来。

那天夜里，漆黑的天空飘洒着淅淅沥沥的雨，我家窗户的玻璃"砰砰"直响。我凝视着"煮书"二字，思绪万千，感慨万端，久之，一股涩涩的泪水从眼角溢出……

第二天，我将字书取下，花钱让人装裱好，然后又端端正正地悬挂在我的书屋里。

我想，读书和学习是人生活充实、饱满的表象，人的灵魂应该始终努力寻找一片明亮而清澈的夜空，让自己的梦毫无顾忌地尽情飞翔。

岳绍羲 —— 一个永远让我怀念的名字！

那棵小桃树

我由一间快要坍塌了的房屋搬迁到一间半新不旧的屋子里的时候，在窗前栽种了一棵桃树。栽下这棵桃树，全然是为着父亲。记得那些年里，每逢秋天，父亲总带上一箱他自己亲手栽种的桃树上结下的甘美、可口的桃子，来看望在外上学的我。前些年，父亲离休在家，又搬入楼房，门前没了可耕种的土地，整日索居在几十平方米的楼宇中，清淡、寂寥，郁郁不乐，想起先前的院落，不免唉声叹气……

我想，栽下这棵桃树，把它结的硕果给父亲品尝，或许能减轻一些父亲的那种寂寞。

小桃树当年就生出了绿叶，嫩嫩的，绿油油的，伞一般撑开，成了我那小院里的一大景观。第二年春天，粉红粉红的花儿爆满一树，香得蜜蜂、蝴蝶闹嚷嚷地往一块儿凑，采呀、点呀，煞是繁忙。不久，小绿芽儿渐渐撑开，变成叶面，青翠、葱郁，浓荫遮天，掩映在绿叶丛中的小桃儿也开始悄悄露出调皮的脑袋。我于是盼望着秋天收获时节，能吃上鲜嫩、甘甜的桃子。不料，天气炎热之时，桃树的叶面上生满了密密麻麻的小白虫，绿油油的叶子一个个打了卷儿，蔫蔫的，没有了生气，小桃儿也一个个干瘪起来。一日黄昏，一阵风吹雨打，院子积满了水，水面上漂浮着星星点点的小桃儿，露出半边脑门儿，凄惨惨地仰望着天空。唉，小桃儿正在成长的时候，没有得到很好的保护，就一个个离开母亲而去……我忍不住几分忧伤，不觉流下眼泪来……

冬天过去了，又一个春天，那桃树又满枝满权地开起花来。当绿叶盖满了枝头，郁郁葱葱的时候，我常将院门打开，习习的凉风吹来，树影婆娑多姿。炎热的季节，绿叶儿刚刚染上虫子，我就背上喷雾剂桶，将杀虫药细细密密地喷在叶面上。几天后满树的绿叶儿果然重新绿得发亮，生气勃勃、坦坦荡荡地舒眉展袖，涩涩的苦味儿弥漫在院落中，小桃儿也一个个逐渐长大，浑身带着茸茸的毛儿。到了秋天，小桃儿像十八岁姑娘的脸，变得饱满，面色红润，羞答答地等待着什么。于是，我开始做起梦来，梦见父亲吃着鲜嫩、甘甜的桃儿，望着我笑哩……

当我梦醒时，父亲却在一天夜里突患脑出血，默默辞别了人世。我端着一盘鲜桃，在父亲的遗像前大哭了一场。

秋天到了，树叶儿黄了，落了，纷纷扬扬的大雪接踵而来。我不再像往年那样勤快地将院里的积雪一铲一锨地搬出院门去，也不再像往年那样用厚实的棉布夹着麦草把桃树紧紧地裹住，而且还不慎让它伤了几处，流着混浊的泪。翌年春天，百花开了，那棵小桃树却始终不见开花吐叶，树枝儿渐渐枯黑起来。有人说，那是去年结的果实太多、太沉给累死了；也有人说，是冬天没有采取保护措施给冻死了。听了这些话，我的眼眶不禁又溢满了涩涩的泪水。现在，小桃树仍孤零零地立在我的窗前，裸露着身子，冷漠地仰视着无垠的苍穹。哦，小桃树啊，请你告诉我，你是否在回忆自己短暂却曾经辉煌的一生呢？你为什么把累累的果实给了我，就悄然无声地结束了自己的生命呢？我这样想着，又深深地陷入了对父亲的回忆之中……

父亲心曲

　　父亲去世已经整整四年了。四年里，我很少写关于父亲的文字。我怕碰撞那根情弦，拨动那令人难以平静的心曲；我也怕笔下苍白的文字，无力承担那太重的情感。

　　父亲去世时六十有二。人们说："你父亲辛苦操劳了一辈子，该享享清福了，却这样匆匆忙忙地走了。"母亲则流着眼泪说："你父亲是让你们几个兄弟累死的。"

　　是的，父亲一生很辛苦。年幼时就失去了母亲，太奶嚼着米麦将他喂养大；少年时代，我的爷爷又因伤寒而早逝。对此，父亲没有在人前流过泪。十九岁那年，父亲在村里带头参加了人民解放军，跟着王震将军从太行山里走出来，参加了保卫延安、扶眉、兰州等战役，攻克西宁后又翻越冰雪皑皑的祁连山至张掖，至酒泉。而后跨过茫茫戈壁，走焉耆，去且末，转战阿克苏、库尔勒。20世纪50年代初期，父亲已是二军骑兵部队的一名连指导员，那时父亲和他的战友们一直在沙漠、戈壁及荒郊的芦苇荡里追剿土匪。我家至今还保存着父亲当年骑着战马、手执军刀的一张照片，照片中的父亲年轻、潇洒，一脸英气。

　　50年代末，父亲转业到克拉玛依公路总段。在公路交通战线，他一干就是十四个年头。冬去春来，酷暑严寒，父亲和那些开拓新疆公路交通事业的第一代建设者们一起钻峡谷，走戈壁，跨河流，风餐露宿，披星戴月，尘满面、灰满身，一把铁锹、一把十字镐，凿开险隘关口，铲平沟沟坎坎，修筑起一条条笔直而平坦的公路。听母亲讲，1968年的冬天，纷纷扬扬的鹅毛大雪封住了天险果子沟路段，时任伊犁公路总段主要领导的父亲指挥工人们奋战了几天几夜，才把果子沟路段疏通。一次，父亲因劳累、疲惫不慎跌倒在湍急的冰河里，工人们纷纷跳入水中抢救父亲，当父亲被工人们救起时，他眼中的热泪和工人们的泪水流在了一起。妈妈说，你爸爸对工人们特别好，工人们也十分敬重你爸爸，即使在"文化大革命"那样混乱的日子里，造反派批斗你爸爸，也是批归批，工人们就是不同意少数人让你爸爸戴高帽子游街。妈妈说：与人为善，总能获得大多数人的敬重。

1971年7月，父亲被调往新建的一座工厂工作。在那里一干又是十六年，直到1987年离休。

父亲为人忠厚、老实、本分，一生只知道默默地工作，尽着一个党员干部应尽的职责；对我们儿女也是只知道默默地做事，很少斥责我们。给我留下深刻印象的有两件事：一件是父亲在新建的工厂担任领导期间，很少有休息的时间，尤其是节假日。记得那时厂里的领导大多是只身一人，家始终在150多公里外的城里，逢年过节，纷纷回家团圆；父亲则按当时组织上的要求举家迁于此。因而在节假日，父亲常常比平时还要忙、还要操心，一些熟悉父亲的老干部、老工人们说到这一点时，总是深情地赞叹，说：你父亲是个好人，是党的好干部，为了厂子的发展，把心都操碎了。他的过早离去，令我们很伤心，我们也非常想念他。这些话使我对父亲充满了敬仰之情。

还有一件事是一年七月，我家在迁往异地时，恰遇大雨滂沱。我们兄弟几个蜷缩在解放牌卡车的篷布里，冷风和冷雨飕飕地直往里钻。父亲见了便蹲坐篷布口，一面用手紧抓着被风翻卷起的篷布，不让风往里钻，一面用整个肩背挡着雨点。一会儿，雨浸透了父亲的衣服，雨水顺着他的衣襟滴滴答答地流着。到了目的地，父亲浑身上下湿漉漉的，嘴唇冻得紫紫

的，但父亲仍微笑着，和蔼地看着对异地的风光表现出十分好奇的我们。

那个年月，日子过得很艰难，父亲也很节俭。为了一家人糊口，为了供我们上学，父亲的衣服总是洗了又洗，处处是补丁。翻出那个年月的照片，四五十岁的父亲，几乎没有一条裤子不带补丁。当时，我家子女多，口粮常常不够吃，每逢青黄不接的时候，父亲总是催母亲东家借、西家凑，弄来一点玉米杂粮给我们吃，他自己则在一旁和母亲吃煮熟了的土豆。每当见此情景，我的心里总是酸酸的、涩涩的，盼望着自己快快长大，好为父亲分担生活的重担。

进入20世纪80年代，生活一天天好了起来，可才五十多岁的父亲已患上了冠心病、胃病、牙周炎等多种疾病。那时候已工作几年的我每次回家省亲，总要给父亲带上些礼物。可是看着父亲既不能吃硬食，又不能进热食、冷食，只能温一点大米稀饭慢慢地喝，我的心里有种说不出的难受。

不久，我们兄弟几个相继到了成婚的年龄，父亲为此东奔西跑，操心不已，直至心力交瘁，没有挨到最小的儿子成婚，便撒手西去……

整整四年了，我没有再喊过一声"爸爸"，即使喊了，也永远不会再见爸爸答应着望我一眼。因而听别人喊爸爸，我总是羡慕不已，旋即怅惘之情又萦绕于心头；见有人对自己的父亲不敬、不孝，我心中总是有一股莫名的火气。我知道自己已经永远失去了呼喊"爸爸"的权利。

啊，父亲！你是一轮红日，照耀着我的头顶。我的身体里奔涌着你的血液，使我对人生执着地追求。

父亲，你永远是一个巨大的背景，一部伟大而意义深刻的教科书。

漂泊归来的思绪

这封信断断续续地写了怕是有一些日子了，今晚提起笔来也不知能否写完它。也说不上为什么，漂泊归来后，我的思绪一直处在纷乱的状态之中，难以梳理出什么条理来。因而我是十分想读你的信的，想从你那儿听到一些深刻的人生感悟的话语，想从你那儿借鉴学习一些东西来着的。然而这半年中，迟迟未见鸿雁传书，虽说有电话不时拨通，听着你那鸟一样清脆的声音，我的心里像升起一道道七彩云霞，绚丽而美好，又像是奔涌着一股山泉，清澈而透亮。

如今，又一个金秋十月过去了，我又想起写给你的那首长诗《静悄悄的十月》。是的，每当热烈喧闹的节日里，我的心总是沉静如水，我总躲在静悄悄的书房里，伫立在静悄悄的窗户旁，或是望着碧空中一群鸽子嗡嗡嗡地飞过，或是凝视着明月和繁星，回忆着漂泊的日子。那时你我分住上下楼，你是静悄悄的一个人，我也是静悄悄的一个人。夜是静谧的，星星是隐隐地闪烁着的，风儿是带着爽爽的凉意从秋收后的玉米地里刮过来的，月牙儿孤独地在苍茫的云海间穿梭，从你的房间里不时传来一两声咳嗽声，我的椅子不时"咯吱"地响一下。我知道，我们这些"天涯沦落人"一到夜深人静时，都静悄悄地躲在屋子里，静悄悄地读书，静悄悄地思考、总结漂泊的日子带给自己的人生感受。夜深了，月亮轻轻地飘到西边，清凉的月光静悄悄地从窗口倾泻到我的书桌上，我依然默默地想着我的遥远的西部、我的滔滔不息的伊犁河，而你已酣睡在甜美的梦境中。夜静极了，我仿佛听到你极轻微的鼾声了……

哦，如今这一切仿佛真的是遥远的梦境了，永不再来，难以再现。然而每当我想起这一切的时候，我总是难以抑制激动的情绪，总是觉得漂泊的日子虽说孤独、寂寞，但有那么几个相识、相知的好朋友在，心头萦绕着的仍是一朵朵湿润而有灵气的云儿。在我漂泊归来的日子里，那云儿似乎总在眼前飘来游去，让我思绪万千，想念至极。

九月，前往新疆北部阿勒泰地区搞工作调研，在一处湛蓝的高山湖泊边停歇，发现湖中聚集了上千只大雁，一群一群地或悠然自得地浮游着，或叽叽喳喳地鸣叫着，还有一群群不时从水面腾空而起，泛起一片片涟漪。有的在空中盘旋良久，遂排成"人"字形，带着苍凉的声调，恋恋不舍地、悠然地向遥远的天际飞去。我想，它们定是飞过了广袤的荒漠、茫茫的雪原、高耸的山脉、浩渺的大海，向着温暖、湿润的南方飞去，我的心像被一种异样的激情填满。"天高云淡，望断南飞雁"，一阵凉爽的山风扑面而来，我的眼睛不觉充满了涩涩的泪水，我想起了如孤雁一般漂泊不定的岁月，想起了在漂泊的岁月中相逢而相识的你和胡强哥，以及许许多多渴望到冀东大地施展才华的朋友，想起了幸运者与不幸者的命运，想起了你和胡强哥送我至车站挥手告别时的情景。那些人、那些事、那些景，一幕幕地又在我的眼前浮现。那令我怆然泪下的汽笛声，把我渐渐送往无边无际的苍凉和悲壮中，暮霭沉沉，寒风阵阵；而你和胡强哥依然留在了繁华却情感苍白的都市里，举目无亲，前途也渺茫。我似乎蓦然感到，自己依然是渐行渐远的一只孤雁，刚刚和你们相逢、相识，在无垠的天空中翱翔了一会儿，便又孤身离去远行大西北。而你和胡强哥依然是行驶在大海上的帆船，虽然路途遥远，彼岸的灯火难以再现，但你们依旧信念坚定，咬紧牙关顶着风浪行驶着。我多想再握一握你们温暖而充满力量的双手，多想再深情地看上你们几眼，说几句祝福的话啊！然而此时、此情的语言，竟然显得那么苍白无力。

西行火车上的两天三夜，我一直无语，那糟糕透了的心绪，至今想起来，依然让我潸然泪下。你和胡强哥送我的那一兜圆圆实实的红苹果，我一直没有舍得吃，直到下了火车又乘车行驶在茫茫的荒野里的时候，我才拿出一个轻轻咬了一口，那感觉是既甜甜润润又酸酸涩涩。在归来的日子里，圆圆的月亮常静悄悄地爬上我那位于四楼的窗口，有一棵硕大、繁茂的老榆树陪伴着我。每每月亮升起，月光高照的时候，总有一阵又一阵的清凉之风吹拂过来，老榆树随之发出唰唰的声音，似乎那老榆树也有万千心事向我细细叙说……

现在，又是萧萧冷风吹打霜叶的季节了，我想你定是每日穿行在渤海湾畔的都市里，风儿把你的脸吹得红扑扑的，额前的秀发被风吹起，你微眯着双眼不知又在筹谋着什么宏伟大计。对于这一点，我是一点雄心都没有了。我只是储存了许许多多的故事以待发酵的时候，比如关于天山、关于高山湖泊，关于如落日的草原红花，关于渤海湾畔的阵阵涛声，关于冀东大地七百多个日日夜夜。那年十月，在山东济宁开会时认识的一位学哲学的北京朋友来信告诉我：当所有的人都去注意"门"的时候，那么"窗"应该是我们最大的欣慰和选择。有了"门"外的经历，再临"窗"而立，作把酒临风状，看日升月落、潮来云去，观人间万事、喜怒哀乐，何乐而不为呢？守住"窗"，便是守住了灵魂、战胜了寂寞。

是的，我渐渐趋于安稳、平静了，如远行的船帆紧靠在了岸边，但心灵的孤雁仍在寂寞的苍穹里翱翔。情到深处人孤独，人孤独时心寂寞。我想，我还有一腔热血在沸腾，我会在孤独和寂寞中将自己的心灵园地经营得郁郁葱葱、蓬勃而茂盛，让漂泊中的历练和思绪在这园地里生长出一片片绿叶和一朵朵鲜艳的花，将你和胡强哥，以及在漂泊中结识的所有人给予我的关爱，永远地贮藏在心灵的深处。

哦，提起笔来便洋洋洒洒地一泻而不可止了，举目向窗外望去，纷纷扬扬的雪花轻盈而美丽，一片片地悄无声息地落在我窗户的玻璃上，融化

成一行行或喜或悲的泪水。那棵老榆树也落满了白雪，在昏黄的灯光的映照下银光闪烁。我想，明日，外面定是一个银装素裹的世界，而雪下的一切都已酣然入梦，在静悄悄地等待着春天的来临吧……

想念朋友

　　人生中那无色、无味又没颜落色的悲哀是寂寞。它不够苦涩，却够苦恼，仿佛灰寒的天空里落着一根飘飘欲坠、气若游丝的羽毛，无穷无尽。

　　对我来说，遇有这样的寂寞，便是在想念朋友的时候。朋友是一支昂扬而令人振奋的歌，是一首婉转的抒情诗，是一片绿茵茵的芳草地，是鸟儿啁啾、透着习习凉风的大森林，也是远去了的船帆，游在浮云间，飘在月亮下……

　　想念朋友，常常在万籁俱寂、风清月朗的夜晚。窗帘儿轻轻被风撩起，朋友的谈吐和举止，尤其是那荡着涟漪的深邃的眸子，或脉脉含情，或活泼而愉快，随着潮汐般的月光一起倾泻进来，于是眼前便分明坐着久违了的朋友，或兴奋、激动地讲述着相逢时的感受，或娓娓动听地叙说着分别后的岁月里所发生的故事，或一起畅想、憧憬着未来的美好生活。

　　想念朋友，常常在雪花飘飘洒洒的时候，一个人惬意地走在被飘舞着的洁白雪花包围的世界里。一片片雪花，就像朋友的一封封书信，像是朋友的一声声问候，飘在眉宇间，化在掌心里。恍惚间，似乎看见有一条苍龙在雪原上遨游，时而腾挪于深渊，时而直冲云霄。我的朋友们见此载歌载舞，喜着这雪，爱着这雪。一时便觉着，想念朋友其实是一种美的享受，因为所有的寂寞此时已化作无与伦比的美妙境界了。

　　想念朋友，有时在茫茫的荒原上，一个人静悄悄地走着。偶尔向灰蓝色的天空望去，见一群大雁排着"人"字在头顶上一边鸣叫着，一边向遥远的天际悠然飞去。这个时候你便想，这大雁定是靠着一种友情、一种团队精神，飞过了茫茫大漠和戈壁，越过了巍巍雪山和森林，始终在向温暖、湿润的草绿、水碧的故乡飞去。这个时候，你会想起并惦念你的朋友，想起你曾与朋友走过的路。也是在这样的荒原上携手走着，踏着月光，踩着戈壁，终于在雁鸣声声的黎明，你们走出了荒原，从此友情便存留心底。从此，只要一望见一群群悠然飞翔的大雁，你总会坚定信念，走出一片又一片令人感到寂寞而又漫无边际的荒原和戈壁。

想念朋友，有时是想念着一个环境、一种氛围，即便是萍水相逢、转瞬即逝的朋友，心底都是那么纯真、善良，都是那么趣味相投且充满关爱之情，于是那相逢时的环境、天气、色彩，甚至连当时心里细微的感触，都会被浓墨重彩、浅淡各异地刻印在记忆画廊的深处。只要一想起，便觉得寂寞、暗淡的心房有了清风明月，有了流淌的清澈山泉。

每每想念朋友的时候，朋友的心里也常有感应似的。这不，灵巧而神奇的电话里，又传来遥远却十分熟悉的声音；这不，洁净的桌面上、昏黄的灯光下，正摊铺着友人的书信。一句句关切的问候与祝福，一个个亲切、熟识的音容笑貌，又跃然眼前。或是拍拍你的肩，笑着说："别泄气，生活的路不可能一帆风顺，一帆风顺多乏味啊！"或在觥筹交错，兴致昂扬时唱着《涛声依旧》，赞叹着枫桥夜泊中结下的真挚友情，而且都感慨万千地说："幸亏当年唐人张继没有中举，否则便不会有落第归来所吟唱的悠然的嗡响千年寒山寺的钟声了。"

想念朋友，想到极致时，旁人会看到你的嘴唇在微微蠕动，一丝两缕的笑意会从嘴角泄露出来，眉宇间淡淡的愁云会渐渐散去，忧郁的眼里会逐渐透露出一种欣慰、一种智慧的光芒来。

想念朋友，便是想念一种温馨与关爱、一种平等与互助、一种智慧和力量。朋友是来自心灵的泉水，是不平坦的路途中一朵友爱的鲜花，是苦恼中的依靠，是温柔而安全的托身之地，是搅着往事的秋日午后的茶，是一本打开了的满纸风云变幻的好书。尤其是等你老了、累了，疲惫不堪想休息的时候，朋友便是一壶醇香、浓郁的酒，可以伴着你有滋有味地回首以往的岁月，可以使你用心灵领悟人生的壮美而从不懊悔。

今晚，月色如潮，风轻星柔，我端坐于书桌前，熄灭了昏黄的灯，隔着窗棂遥望着布满繁星的夜空，猜想着哪一颗星是这个朋友，哪一颗星是那位朋友，他们仿佛都眨巴着眼儿笑着，与我说着话儿，谈着那些曾经的故事。

月夜如歌，朋友如诗，想念朋友就得驾着一叶扁舟，在又长又宽万类霜天竞自由的银河里轻轻地漫游……

昨夜慈母入梦来

　　昨天夜里，我又梦见母亲了。梦中的我好像在陪母亲逛街，我很诧异：妈妈，您不是一条腿没有了吗？怎么又如常人一样行走呢？……妈妈，您不是出门远行找我爸爸去了吗？怎么回来了？……母亲亲切地望着我，慈祥地微笑着，不说一句话，我揉揉自己的眼，以为是在做梦，可母亲是真真切切地站在那儿，等我跨过人来车往的马路。是妈妈！是妈妈！"妈——妈——"我大叫着带着哭腔跑过去一头扑在母亲的怀里，为日思夜想这么久终于见到了母亲而恸哭起来……

　　"郭文涟，醒一醒！"妻把我摇醒，我哭喊妈妈的声音仍在漆黑的屋里飘荡。好一会儿，我才聆听到窗外有沙沙沙的落雨声……

　　母亲是去年被诊断为转移癌的。当时的我，手足无措，心如刀割，悲痛不已。人们常说，人生的光景几节过，前半辈子坏了后半辈子好，可母亲一生却没有几天舒心的日子。自幼家贫如洗，十五六岁便嫁给父亲，父亲生前常笑着说："你妈妈是我们家花7个大洋买来的。"妈妈还口道："那是我们家里穷，要不谁肯嫁给你？"说归说，母亲对父亲的感情却是相当深厚的。18岁时，父亲随王震的部队走了，母亲站在村子里那座山头上苦苦眺望了4个年头。当得知父亲已到了新疆，便毅然决然地从太行山里走出来，跨越千山万水来到新疆。从此，在以后的40年里与父亲相依为命、相濡以沫，抚育起我们7个子女。那个年月，父亲是领导干部，长年累月领着一群工人在大山里、大戈壁滩上修筑公路。母亲除了照顾好我们，也常常参加家属队的劳动以贴补家中不足。一有空闲，便一针针、一锥锥、一线线地纳着鞋底，自小到大，我们脚上穿的布鞋都是母亲亲手做的，天长日久，手都纳肿了。至晚年，母亲那双手上仍留有一道道沟壑，粗粗糙糙的。由于子女多，家中粮食不到月底便被吃得精光，母亲只好四处筹借。那时的母亲脸黄人瘦，但仍苦苦地支撑着这个家，没有给工作繁忙的父亲增添多少麻烦。

后来我们一个个长大，外出工作，母亲也着实过了一段开心的日子，但好景不长，随着父亲的突然离世，母亲像被一场酷寒的霜雪击倒在地，一夜间白了头发。虽说从那以后我们每人每月给母亲一些生活费，但母亲仍省吃俭用，10年间悄然存了2万元。当我后来得知这一切时，泪流不止。我知道，母亲存下这么些钱，最终是要让我们将父亲及百年后的她送回老家。这些年来，由于社会处在转型期，几个在工厂工作的弟弟的生活都比较艰难，母亲时时接济他们，鼓励他们坚强、勇敢地面对生活，对儿女真是牵肠挂肚，有操不完的心……

母亲的病是两年前发现的，腿关节下长3个肿瘤，当时医生说非截肢不可。母亲听了痛哭不已，我跪在床前紧握着妈妈的手，劝妈妈不要哭，听医生的话。可嘴里这样说着，自己眼里的泪水却像断了线的珠子，扑簌簌地往下流。后来，母亲终于同意做了截肢术，医生说是良性的，不用放疗，也不用化疗，我们信了医生的话。可谁知半年后，病魔仍缠住母亲不放。我翻遍所有的信息资料，花1万多元陆续从西安一家肿瘤医院邮购来一些中药，煎了给母亲服用，希望奇迹能够出现。起初还有点起色，但最终还是没能如愿，3个月后，母亲离开了我们……

在母亲去世后的这282天里，我常常梦见母亲，在睡梦中哭醒。按说我也应该以此写些文章以抒思念之情，可刚刚提笔，悲痛的泪水即洇湿了稿纸。我知道，我在母亲身上学会了吃苦，学会了善良、宽容和豁达，但

心依然敏感而脆弱，依然没有学会忘却。我想，母亲是一段岁月，是一本书，值得我一辈子细细体悟，认真诵读……

母亲，您永远活在我的心中！

许波老师

许波老师是我大学时期的老师，我十分尊敬他。

去年8月，我们伊犁师范学院1981届中文系、数学系毕业的同学搞了一次校友联谊会。同学们像云雀一样从祖国的山南海北云集于母校。20年没有相见，聚集在一起，大家的心情都格外激动。当然我们没有忘记邀请我们的老师参加。已两鬓苍苍、步履蹒跚的老师见到了20年前的学生，心情与我们一样，也是激动不已。这里面就有许波副教授。

许波老师当年教我们外国文学。那时的他年近40，但给我们的印象是已很苍老了。后来我们得知，他是华东师大中文系的高才生，1957年，不知什么原因，被打成"右派"分子，一下子从大都市上海被"流放"至伊犁垦区一个农场劳动改造。20余年的风风雨雨使得他壮志未酬，难展才华，过早地衰老了：头发稀疏，两鬓斑白，宽阔的额头上像田垄一样，布满了一道道沟壑。这使我若干年后仍常常想起一位诗人的唱词："忆忠言我有负卿的柔情万缕。枉读万卷书，无力破险阻。问大地，何处是书生报国处？屈曲迷茫小路……"但当他走上讲台的时候，依然精神焕发，神采奕奕，他向我们讲述古希腊的神话传说，讲述文艺复兴时期的欧洲文学：《十日谈》《巨人传》《堂·吉诃德》《罗密欧与朱丽叶》……他讲课时的声音特别浑厚，有一股沉郁、苍茫、清逸、潇洒的情调，像柳絮，如游丝，在教室里飘动，弥漫在我们每个学子的耳畔和脑海，给我们以悠悠的遐想和绵绵的沉思。也就是从他的讲述中，我们了解到了繁荣发展而又别有一番趣味的外国文学，为我们走上工作岗位，在人生的海洋中搏斗、成长，打下了坚实的基础。

在联谊座谈会上，许老师感慨万分，激动不已，说了许多令我们永远铭记的话语。

联谊会结束后，我们几个组织这次活动的同学，将这次活动的过程包括老师们的祝词（许老师的一首《水龙吟·与诸学子赋别》也收在其中）等编成一个册子，寄给每个到会的和没有到会的同学，以作永久的纪念。春节期间，我们几位同学又去母校拜访老师，并将这份册子和老师与我们的合影纪念册送给老师。当时许老师一个人在家，见我们来，面露喜色，热情招待。他说他已退休两年了。但我们从他的言谈中，仍感受到他那一颗热爱教育、热爱学生的火热的心。

完成这一切后，我的一颗奔波、忙碌了几个月的心算是可以小憩一会儿了。不想，那天我出差归来，收到老师的一封信，读后，感慨万千。老师的信是这样写的：

文涟同学：

你们毕业于80年代之初，20年匆匆而过。尽管天各一方，但心有所系，故能欢聚一堂，重温青春之梦，使我感触良多。五六十年代，四载同窗之情丧失殆尽，学子对母校多是望门却步，致使举办校庆或一些大型活动，参加者寥寥。这是时代的悲剧。又如上海华东师大中文系以翻译 *Do What*（《做什么》或译《怎么办》）而名世的费明启教授，1955年身陷囹圄，其夫人及孩子的生活顿入困境。幸得许杰、施蛰存二先生多有接济。而此种友情在1957年又成许、施二位的"大罪"之一。20年后，此等义举才被传为美谈。世事如棋，未尝不引人深思。因此，我对你们的欢聚，实有真诚的祝福。

许杰、施蛰存是我国当代著名学者、文学家，他们的文章我多有拜读，实乃大师也。以起码的人道主义救助友人的夫人及孩子的事迹，我却是第一次听说，心中遂荡起悲悯之情，难怪老师参加了我们的聚会后会感触良多。

然而，信的第二页所叙述的事，却让我面红耳赤，深感愧对老师。老师说：

我只是一介寒儒，所嗜者唯读书而已，欲遣无聊，辄以作诗词自娱。80年代以来，在各地期刊已发表诗词数百首。经一些友人劝说，近日也正谋求出一诗词集。但长期居伊犁，与出版机构毫无接触，付梓之望有多少，实在还是一个未知数。言及此，特告之纪念册上我的那首《水龙吟》，有几处打错字或漏掉字的地方。如："添醉虹霓"的"添"被错打印为"天"，"诗成谁与"的"谁"被错打印为"水"，"望鹏程正远"，错为"望鹏远征"。诗词形式虽短小，却有极为严格的格律和音韵的要求，错一字，漏一字，便会文理不通、平仄不合，成为笑柄。不似一般的白话散文，可以猜得出来，知其为错。伊犁这地方虽小，但也有几个懂得诗词的人，如原州纪检委的孙传松先生便是其中之一。据我所知，新疆教育学院中文系有个叫刘坎龙的，是新疆诗词学会的会员。因此，得便请向同学们说一下，免致别人质疑而无言以对。落款处有"于广元"之语。我非川人，也从未到过四川，未知何故……

读罢老师的书信，羞愧之余，我久久不语。想我等几位同学，一对老师的诗词没有做深入的解读，致使错字、漏字也没有发现，二没有对照原稿仔细核对，特别是把原书稿另一位作者"一九九二年于广元"之句错挪到了老师的诗词之下，实在是无颜面对老师。又想这些年来，为着工作和生活奔波、忙碌，不仅把老师所教的知识几乎丢之殆尽，更把孜孜以求、一丝不苟的学风也忘得几近无影了……

错已铸成，该如何纠错以答对老师？思之再三，还是将老师的书信及老师的诗词完整无误地照录于此，并望借报纸一角，传之四方，以正视听。当然，我也盼望着老师能将他多年来苦吟而成的诗词结集出版，以飨

我等诸学子。老师的词原文如下：

水龙吟·与诸学子赋别

喜看起舞伊州，沐骄阳满身红雨。笙歌院落，青春弄影，英华竟吐。添醉虹霓，摇情岁月，几多思绪！问临岐怅别，何时聚首？低徊久、吟金缕。

白发苍颜如许！展离怀，怕凝新句。文章事业，茫茫人海，诗成谁与！梦笔花消，焦桐柱裂，心潜宏宇。望鹏程正远，塞云景媚，共争飞去。

声 音

那天上午 10 点，忽然接一电话："郭文涟在吗?"京腔京味儿，声音清脆而动听，听得出是一位朋友的声音，忙答应着："是我。哪位?"对方说："我是……"话没有说完，我们俩像大水冲了龙王庙，一家人不认识一家人似的，几乎同时一起开怀地笑了起来。

她说："最近一段时间出国考察去了，刚回来。看到桌子上有信，新疆来的信，知道是你的，挺高兴的。打开信，看了你寄来的几篇文章，真为你的进步感到高兴。还有全家福照片，真好，真是幸福的一家! 特别是你儿子身着戎装，一脸英气，真帅! 你爱人也很年轻、很漂亮!"

我说："就我显老，是吧?"

她笑道："不老。老也是自然规律，谁都有这一天。正常现象，别怕!"

她又说："最近去了澳大利亚、新西兰。人家那边生态环境保护得真好，天蓝，水碧，草绿。你若是去的话，归来一定可以写几篇文章的。我不行了，写了十几年公文，文思已经枯竭，激情也好像凝固了，更别说丰富的想象力了。还是你好，有那样多的情趣……"

电话的这头与那头，被一根长长的线绳连接着，虽然千山万水，但好像就隔着一层透明的厚玻璃，她就在玻璃的那一面，手握着电话，说着，笑着，而那清脆的声音就从那小小的话筒里清清楚楚地传出来。

我说："时间真快! 1995 年 10 月在山东济宁相遇、相识的情景好像就在眼前。那时的你的确与众不同。吃饭时总是姗姗来迟，又总是吃不了几口就匆匆忙忙地离去。"

"我那时得写材料。每次开会，我最忙。"

"你最先吸引我的是气质。那么多大大小小的官儿，气质几乎是一个类型，唯你一枝独秀，超凡脱俗。看到你，我总会想起朱自清笔下亭亭玉立的荷花，并且想，你肯定是学中文的，喜欢唐诗宋词，而且当过老师。后来熟了，一问，果然是。"

我手里握着话筒说着话儿，她那轻盈而俏丽的身影又浮现在眼前；她那清脆的银铃一般的爽朗笑声随着我的话儿，一个劲地在话筒里响着。放下电话，那声音仍久久地在耳畔回响着。

其实，她真正吸引我的是声音。那声音欢快而有节奏，如鸟鸣声声、银铃叮当；那声音里藏着机智和幽默，几乎每一句话的语调都耐人寻味，让人感到快乐、感到亲切；那声音里还透露着真诚与善良，她实实在在地告诉你她乐意听你说话，乐意为你分忧，或者与你分享快乐。每每听到这声音，我总感到时光停留在了春天的山谷里，空气清新而爽洁，阳光暖洋洋地倾洒下来，山谷里满目皆松，白云牵衣，弥漫一色。溪水在哗哗地流淌，百灵鸟儿扑棱着羽翅，在嫩绿的树木丛中飞来窜去，欢快地啁啾着。一群白鹤在一泓碧波里嬉戏、游弋，好像听到了什么声音，一只白鹤一飞而起，一只，又一只……排成"一"字形，鸣叫声在山谷里回荡开来。一片清凉的雨水星星点点地洒落在湖面上，发出清脆的响声，溅起无数小水泡儿。一会儿，雨歇了，湖面上悠悠然地蹿出一朵朵洁白如玉的荷花，芳香扑鼻，沁人心脾……

但是与她最初相识时说了什么话儿，我已记不起来了。唯有她的声音留在我的记忆里，唯有声音引起的这种丰富而美好的想象，依然使我记得清清楚楚。因而我想，或许清纯、美好的声音是多种因素造就的，比如，倘若她不是那么心地善良、那么善解人意，倘若她不是那么活泼、欢快，那么机智、幽默，倘若她没有读过那么多的书并且没有做过语文老师的话，她的声音还会让我觉得那样别样而有趣、那样记忆犹新吗？而且这声音自那以后一直在我耳畔回响了整整九个春天了呢！

每每听到这样的声音，便想起在山东济宁与她相识时的情景，想起一块儿登泰山忽遇蒙蒙细雨时的情景，想起这些年来她给予我的一封封书信、一张张贺卡、一声声问候。记得50周年国庆那会儿，她随信寄来一张照片。照片上的她站在中华人民共和国成立50周年成就展的展览馆内，齐刷刷的短发，目光纯净而清澈，似乎清清楚楚地记着那如烟的往事，且皮肤白净，依然如荷花一般亭亭玉立。我打电话称赞她的年轻、她的高雅而不俗的气质，她咯咯地笑道："不行，老了。这是自然规律，但，不怕。"

又是一个"不怕"，声音脆脆的，如玉石儿轻轻叩击着金属器，悦耳极了。

我想，有的人相识了几十年，却难以相互留下什么深刻的印象，也难能建立什么长久的友谊；而有的人却是在茫茫人海中偶尔那么相见一面，说了那么几句话儿，就让人永难忘怀，并且建立清纯、真挚的友情。这一切究竟是什么原因呢？声音。声音绘制环境，声音塑造色彩，声音丰富形象，声音酿造感情，声音饱含着文化与修养。无论什么时候、你身在何处，也不管时间多么久远，只要一听到这样的声音，有关这声音的一切便即刻在眼前活灵活现地浮现。我想，岁月可以匆匆流逝，青春可以渐渐衰老，而声音是永恒不变的。只要心灵一直被有质地的文化浸染，那声音便依然清纯而动听，依然让你的内心世界充满美好和愉悦之情。

朋友赵欣，一个有着美好声音的北京人。

新疆，我的新疆

　　我生在新疆，长在新疆，但我从没有把自己当作真正的新疆人，总认为自己的故乡和爸爸、妈妈一样，在遥远的莽莽苍苍的太行山里，总以为自己生来就是在新疆流浪，总有一天会回到故乡去的。而且那些年里，只要遇到几个从太行山里出来的人，也和爸爸、妈妈一样，有一种"老乡见老乡，两眼泪汪汪"的感觉。

　　但自从在内地奔波、生活了两年后，我的这种感觉渐渐地淡了下来，我感到自己不再是太行山某县的人了，自己的故乡不在口中，而在遥远的大西北新疆，在茫茫戈壁深处的河谷绿洲，尤其是当我遇到与我一样在内地奔走谋生的新疆人时，这种感觉于我更是刻骨铭心。

一

　　记得那两年，我孤身在外奔波。1995年春节前夕，人们潮水一般地涌向车站，而我有家难回，在中央民族大学工作的我的一位伊犁老乡邀请我去她家过年。在她家里说着新疆话，吃着新疆饭，真像回到了久别的新疆一样，孤寂的心一下子滚烫了起来。

　　大年初一、初二那两天，在北京的新疆人一拨一拨地到她家来，得知我是刚从新疆来的，握着我的手久久不放，问这问那，都是新疆的事儿，尤其对养育他们成长的伊犁河更是一往情深。我们按着新疆人的生活方式吃着手抓羊肉，喝着伊力特曲，唱着新疆歌儿，唱至高兴处，便在狭小的房间里手舞足蹈起来。记得那天我唱得特别起劲儿，我一首接一首地唱，他们一曲接一曲地跳，泪眼蒙眬中，我们好像真的回到了伊犁河畔，在伊犁的某个大街上，随着声声手鼓在翩翩起舞。尤其是我初来乍到，几乎夜夜想念新疆的蓝天白云，想念伊犁河谷中的森林和草原，想念冰天雪地里维吾尔族兄弟一边扬鞭驱赶着六根棍的马车，一边唱着悠扬的古老民歌的情景，想念哈萨克牧人赶着一群一群的羊儿，在漫无边际的雪原上行走……

那时，我的眼里真的含着泪水。许久，歌声停歇下来，大家都沉默不语。一个说：小郭，如果在这里找不到合适的事业的话，还是回去。我们在北京几十年了，思乡之情魂牵梦绕，年龄越大越是想得慌。一个说：我退休了一定回新疆去，就在伊犁河边买几亩地，盖几间房，养一群牛羊，早晨去河边挑水，晚上看看落日和晚霞，唱我心中想唱的歌儿。一个说：我退休后一定去河谷森林和草原上居住，那里天蓝水清，万籁俱寂，只有我的心声伴着山间哗哗流淌的溪水。说着说着，大家又一个个不吱声了。我猜想，或许那都是一个个遥远的梦，梦因为遥远而充满朦胧和虚幻。但不可否认的是，它有一种美感永存心底，每每想起，总是充满激动、充满向往，充满思念和怅惘，而这一切似乎都源于那里是生你、养育你的故乡吧。

有两个在北京的新疆人，我至今仍能记得他们的名字：吴元丰、吴孝廉，二人均为中国第一历史档案馆满文部研究馆员。

二

还有一个维吾尔族小伙子让我记忆犹新，只可惜我忘了问他的名字。

那是1995年的冬天，我们在北京站相识。不知为什么，那个时候的我见了新疆人总感觉心里特别的热乎，不管他是哪个民族，也不管他来自新疆的哪个地州，见了面总想上前去搭几句话儿。我至今还记得那个小伙子的模样儿：不是很高的个儿，浓密的黑发，脸色微微透红，一双大眼睛藏在高高的眉弓下忽闪忽闪的。往那儿一坐，便知不是汉族人，旁边的人不时用好奇的眼光打量着他。他沉默不语，淡定的表情总让人想起荒凉迷茫的戈壁滩。

我知他是新疆人，便上前用维吾尔语向他问好。他先是惊讶地瞪大了眼睛，旋即表达了善良和热情，一双手紧紧地握着我的手。只可惜我只会几句维吾尔日常用语，不能深谈。他知道后，便改用带着浓浓的维吾尔语腔调的汉语与我交流。通过交流，我知道他来自阿克苏，他也知道伊犁是个美丽的地方，比他们阿克苏要好。他说我是个地道的新疆人，仅凭我说话的那种腔调、姿态及笑声。他说他来内地很久了，主要是做生意，天南地北都跑遍了，这次刚从新疆来这儿不久，一会儿乘车去广东。我说自己要回新疆，他听了显得特别高兴。内地再好，新疆人来了还是不习惯，许多出来的新疆人都这样说，尽管有些地方比新疆好，但还是想念新疆，想回新疆去。

那一时刻，我俩真是"老乡见老乡，两眼泪汪汪"。临别时，他从身后的布口袋里拿出一个大馕给我说："我知道你一定很长时间没有吃馕了，带上它，一路上你会十分愉快的。"那又黄又脆的馕，一下子点燃了我火热的心，一时激动得不知说什么好。我知道，这是他从阿克苏带出来的啊！他比我更需要啊！他拍拍我的肩："阿哥，你放心，我几个月后还会回去的，而你已经快两年没吃馕了。"说罢，他背起行囊，一步三回头地顺着人流向进站口走去。而我，手捧着老乡送与我的食品，一个维吾尔族小伙子滚热的心在我的胸腔里跳动起来 ……

三

2000年秋天我去浙江绍兴，在鲁迅纪念馆遇到了一位新疆小老乡，她是一位年轻、漂亮而又文雅、秀气的女士。

那天我听着她对鲁迅故居的介绍，话语时不时地流露出一种久居新疆的人才有的腔调。于是问她是不是新疆人，她的眼睛一下子亮了起来："你怎么知道？"当我告诉她我是新疆人，并且来自遥远的伊犁河畔的时候，她高兴地拍着手惊喜地叫起来："哎呀！太好了！真没有想到，每天来这儿参观的人很多，就是没有新疆人，想不到你是，而且还是伊犁的！我就是喝伊犁河水长大的，家在伊宁县拜什墩农场。父母曾是支边青年，退休了回故乡来，却没有想到，其实故乡就是我们生活的那个地方——新疆伊犁。"

听了她的介绍，我很惊讶。想不到，在我久仰的大文豪鲁迅的故居做讲解员的竟然是一个新疆伊犁人："你怎么上这儿来工作的？"

"招聘，参加公开考试应聘上岗的，因为我普通话好，英语也不错，所以在众多的竞争者中考了第二名。在这儿已干了三年了，工作虽然安定下来了，可就是想新疆。那个时候，回来可以说有一千个理由。回来了，却一个理由也找不到了。总觉得自己是新疆人，不是绍兴人，爸爸、妈妈也这样说。想新疆也说不出为什么，就是想，有时想得很怅惘、很无奈……"

从绍兴回到伊犁，我按照她留下的地址寄出了当时与她合影留念的照片，还有一叠伊犁风光明信片。她收到后复信："很高兴，很激动！还是我们新疆人讲情义！"

哦，新疆！为什么置身你的怀抱里时不那么在意你，只有当远离了你，或者说只有当彻底离开你的怀抱的时候，才那么在意你，日思夜想地怀念你？想念你高高的雪山，想念你清澈的河流，想念你辽阔、雄壮的戈

壁滩和苍茫无边的大漠，还想念那些黑头发、长辫子的维吾尔族姑娘。因而当听到有关新疆的歌曲，就手舞足蹈；当看到有关新疆风光的片子，就目不转睛，心驰神往；尤其是当看到冰天雪地里哈萨克族牧人驱赶着羊群缓缓地走着，就鼻子发酸，眼睛里噙满了涩涩的泪水……

　　亲爱的朋友，你知道这一切是为什么吗？难道仅仅是距离之故吗？

信，写在雪花飘飘的夜里

在医院住院期间，我总能看到一个忙碌的中年女医生的身影。她，中等偏瘦的身材，黝黑的皮肤似乎被夏日炎炎的太阳长久地炙烤过，整个人显得健康而硬朗。从她那轻盈而敏捷的步履看，她的内心似乎有一种力量在支撑着。

每天早晨，她总是带领着七八个医生和护士挨个查房，病人总会因她的出现而露出欣慰的笑容；而她呢？和蔼可亲的笑容始终挂在脸上，她时而倾下身子细细地听诊、细细地询问，时而立起身来向随行的医生和护士细细地讲授着什么。

她是谁？她是江苏省援疆医生、风湿病专家、伊犁州中医医院副院长——苏建明。

几天后，我从伊犁州中医医院党委书记刘伟东那儿看到了一封信。信是苏建明写的，题目为：一封永远无法寄出的信。

读着这封文字朴实而又感人肺腑的信，我的眼泪一次次欲夺眶而出，情不能自已……

信是写给她的父亲的，她的父亲则在她来新疆工作的第四个月因病永远地离开了人世。因为重任在肩，她当时没能多陪陪躺在病榻上的父亲，接到通知后，即随援疆干部们一起奔赴祖国的边陲伊犁；因为距离遥远、工作忙碌，在接到父亲病危的消息后，她没能及时赶回家再见父亲一面，再听一听父亲的教诲。这，成了苏建明心中永远无法消除的痛。

苏建明是坦诚的，她在信中坦言当时组织找她谈话，欲派她赴新疆工作三年时的心境。她说："我这个从不对组织说'不'字的人，第一次说了许多不能去的理由。"但主要还是因为她父亲——一个戎马一生，为中华人民共和国的诞生和成长做出过贡献的老军人。那时的他正因为癌症晚期，虚弱地躺在床榻上，需要三个女儿中唯一行医的苏建明来精心照顾。当然，还有她已五十多岁的丈夫，她这一走，女儿远在成都上学，丈夫一人在家定是空落落的。人们都说，知天命之年，正是夫妻相互扶持着为步入夕阳的岁月做着准确，走好这一段路，未来的夕阳一定更加绚丽而美好。但是，当组织的最终决定下来并通知她的时候，这个19岁就入党，已拥有33年党龄的党员，毅然决然地服从了。因为，她清楚地知道援疆工作所具有的政治意义；因为，在这个时候，她只能选择忠，选择忠于党和国家的事业，对父亲却不能尽女儿之孝了。

然而，尽管如此，她心里依然忐忑不安，她不知道父亲会是怎样一种态度。当她去医院准备把这一切告诉父亲的时候，年迈的母亲急了，挡着门不让她进，说："养儿女有什么用?!"她听了，泪水夺眶而出。父亲招手了，看着泪流满面的女儿说："想起当年许多牺牲在朝鲜战场上的战友，我已经活得很寂寞了。你去吧！不用为我担心，你去援疆，其实是送给我的最后一件礼物，是我晚年最光荣的一件事……"

这是一位多么令人崇敬的父亲啊！有着多么宽广的胸怀、多么崇高的觉悟的父亲啊！许多天后我才了解到，苏建明的父亲离休前是原南京军区空军政委、共和国的一代将军。

就这样，苏建明肩负着组织的重任，带着亲人的嘱托，含泪踏上了西行的征程。

初到新疆的几个月里，她把对父亲的挂念和对亲人的思念，化作一种力量投入工作中。她以精湛的医术和良好的医德、医风赢得了各族患者的好评；由她组织的五项科研、四项自治区级医学教育培训班得以实施；尤其是她积极建议筹划、组建的伊犁州中医医院风湿病专科，填补了伊犁州医疗史上的空白，为广大风湿病人特别是少数民族风湿病患者的治疗开辟了前景。因而，白天，她忙忙碌碌，急病人之所急，想病人之所想，心里十分充实而有成就感和幸福感。可当夜深人静时，她仍然惦记着病重的父亲，每次拿起电话还没说几句，父亲就说："我很好，你放心，你就安心工作吧！不要急着回来！"父亲的话，让她泪水盈盈。

2005年12月25日，苏建明接到父亲病危的消息。可当她冒着满天雪花登上飞机赶回家里时，父亲已驾鹤西去。她为没能再见父亲一面而放声痛哭，她为没能把父亲所说的话用手机录制下来而懊悔万分。父亲那和蔼、慈祥的面孔，只能永远留存在记忆中了；父亲那亲切、坚定，给她以鼓励和信心的话语，只能永远回荡在耳畔边了。

几天后，她回到了伊犁，伊犁依然是冰天雪地，朔风凛冽。就在这样的日子里，苏建明主动报名参加医院组织的下乡医疗。她要去天马的故乡昭苏，那里更是一片白雪茫茫，零下二十多摄氏度。两千多年前，来自她家乡的细君公主就曾去过那里，而今她也要去，冒着冷风和大雪去。

而就在那个雪花飘飘的夜晚，她拿起了笔，给远在天边的父亲写信。她知道，信是不能像云彩一样飘向无际的苍穹的，它只能像雪花一样，从遥远的天际纷纷扬扬地飘洒下来。她相信，那或许就是父亲对她的嘱托：要像雪花一样纯洁而无瑕，像雪花一样温柔而飘逸，像雪花一样洒满祖国的每一寸山河！雪花是爱，是洒向人世间的情啊！

于是她深情地这样写道：

"爸爸，听您的话，我又回到了祖国的西北角……"

相逢何必曾相识

写完《茫崖姑娘》那首诗的时候，我常想起另外一位姑娘，也是甘肃人，也是在那一趟列车上，也是在河西走廊上。不过那是个冬天，是个没有雪的冬天。戈壁一片苍茫，除了石头还是石头，没有杂草，没有人烟和房屋，遥远的天际里，除了灰蒙蒙的一片外，什么也没有。

就在这样的寂寞之中，列车抵达了玉门站，上来一位二十八九岁的姑娘：高挑的个子，穿一条紧身牛仔裤，白净的脸上有一双单纯而充满稚气的眼睛，笑起来的时候眯成了一条缝儿。她上车后就是睡觉。躺在铺上一动不动，睡足了后，不是吃就是看书。她看的也不是什么高雅的小说之类的书，完全是一些消遣性的杂志。看了一会儿，就开始吃。她吃的大多是一些水果类的，再就是罐头。我见她一会儿就吃那么多，橘子皮、苹果皮和花生皮一大堆，而且她那身子似乎正处在发福的阶段，于是我便微微摇着头笑了起来。

她很敏感，似乎从我的笑中感觉到了什么，就问："笑什么？是不是看我那么胖还吃这么多？"她这直率的一句，我心头那道矜持的门打开了，我笑道："你怎么那么聪明？我还没张口，你就知道我要说什么！"

这一说一笑，我们就熟悉起来了。西部的列车，路途漫长，一望无际的戈壁和荒漠，让人看着就会产生无穷的寂寞。因而同一车厢的人有事没事就找着话题说话。通过交流，我得知，这位名叫王红霞的姑娘是玉门市医院的一名护士，这回是去天津一所医院进修学习。她坐过火车，但一个人坐火车出这样远的门，还是第一次。因而一路上她的话很多，几乎把我的经历和我的家乡的一切都摸得清清楚楚了。我这才发现，人是不可貌相的，她的单纯且充满稚气的眼睛里也透着一种机智。而我那时主要是欣赏她的开朗，西部人那种天然的质朴、实在和开朗，在她身上可以说表现得淋漓尽致，而且她不怕你笑话她，你说你的，她依然该怎么吃就怎么吃，不仅自己吃，还把所有好吃的全拿出来让你吃。还说："胖就胖去，反正我不让我的肚子吃亏。再说了，我老公不嫌弃就行，他说了嘛，出来就是要吃好睡好，不然的话，身体垮下来，在外面谁管啊？"说罢，就嘻嘻地笑起来。

一路上，我们那几个座位上的人都很开心，因而就觉得时间过得很快，三天就好像一瞬间。

当我们抵达终点站——北京站的时候，天灰蒙蒙的要暗下来了。人们一下车就潮水一般朝站外涌去。我也低着头、提着包随着人流走，走着走着，我发现一位女士一直跟着我，回头一看，是她——王红霞。我以为她出了车站会径直走的。可谁知，出了车站她依然跟着我。我就说："小王，干吗一直跟着我，不是说有人来接你吗？"

小王这才说实话："哪有？我是第一次来北京，东南西北都搞不清楚，说是让我住到办事处去。可办事处在哪儿，我根本摸不到。"

我说道："那你跟着我就能找到办事处吗？"

"我不管，现在天色已晚，先跟着你找个地方住下，明天再找也不迟。"

我听了哈哈大笑："跟我？你就那么信任我，不怕我把你拐卖了？现在人贩子可是多得很哪！"

她也笑道："你会吗？嘻嘻……在车上我听你说了一路的故事，知道你当过老师。这是最可靠的。再说，咱们西部人，一向以真诚地助人为乐为荣。我跟着你心里踏实，反正你走哪儿，我就跟到哪儿！"

　　我被她的信任深深感动："好吧，那就走吧。"

　　于是我给我朋友家打了电话，告知他们我到了。而后我带她乘上公共汽车，一直坐到紫竹院下了车。这时天色已晚，夜空中闪烁着无数颗星星，大街上车流和行人寥寥，只有一盏盏昏黄的路灯亮着。天异常寒冷，呼出的一团团气在路灯的照耀下，不一会儿就在她围着的那条红毛线织就的围巾上凝成一层雾霜。我很懊丧，竟然找不到我那位朋友的家了。而且后来才发现，我们是朝相反的方向走了不少冤枉路。幸亏她的行李箱是带有两个轮子的，否则得把我累够呛。当然，我也觉得很不好意思，在车上还一个劲儿地吹嘘自己是个"北京通"呢，竟然让人家跟着自己走了这么多的冤枉路，而且天还是那样的黑。

　　我终于找到了那条熟悉的路，径直去了那位朋友的家。朋友惊诧：怎么现在才来？我说天晚，下车迷路了。说罢，又把小王介绍了一下。我那朋友是典型的西部人，喜欢开玩笑，听了就笑道："哦，你就那么信任我们小郭吗？他有时候也坏得很，把你卖掉怎么办呢？哈哈……"

　　那天，我们说说笑笑在朋友家吃了饭，便带小王去院内的旅馆住宿。小王是个知书达理之人，见我那朋友一家待人那样热情，又安排了那样安全、干净的旅馆让她住，心里过意不去，非要让我陪她去商店买些礼品送过来。我拗不过，只好陪着她去买了礼品送回来，又把她安顿好，才回来与朋友聊聊西部家乡的事……

　　第二天，小王早早过来一起吃了早饭，我就陪她找到了玉门驻京办事处，找到了她要找的人。我心里踏实了，但也有点儿落寞，因为我一会儿又要独自一人上路了。尽管这样，我仍潇洒地挥手与她告别。谁知我刚下楼走出院门不久，她又急匆匆地跟上了我。

　　我说："你怎么又回来了？不是说这里的人送你去天津吗？"

　　她拖着她的行李箱，捋了一下额前的头发，把胸前的红围巾向身后甩去，说："与其麻烦他们，还不如继续跟着你，反正你一会也要去车站。"

我会意地笑了笑，把她的行李箱接过来，一起出门搭上公交车去了北京站。

当我把她送上去天津的大巴，挥手与她告别的时候，她的眼里竟然涌出了泪水，一句话也不说，似乎说不出来。我见此，鼻子也有点儿酸，眼泪要出来了，我赶紧扭过头去。再回首时，她拿了一块手绢在擦拭眼泪，她的眼圈红了。我默默地笑了笑，说不清那笑是甜润的还是惆怅的。我想，人生的相逢、相识都是偶然的，既是这样，我们就应珍惜人性中最美好的东西，并让它尽可能在短暂的相遇和相识中闪烁出应有的光芒。能够这样，哪怕是短暂、偶然的一次相逢、相识，我们的心里也永远会有一盏温暖的灯在闪烁……

我乘车到了唐山后不久，她便打来电话说到了，一切顺利。又说："你怎么那么好？我怎么就那么信任你？我被你，也被自己感动了……"

我哈哈一笑，说："这不是我回答的问题。"又说："其实你已经回答了啊！"

小王在天津学习了三个月后就回甘肃玉门了，而我则在唐山待了一年多，才回到伊犁。在那以后，我们也通过几次电话，但终究敌不过路途遥远，工作一忙，就渐渐地淡忘了。不想，十余年过去，又一个深秋的夜晚，一盏昏黄的孤灯伴着我，我不禁又想起十多年前漂泊中的一些往事，想起漂泊的旅途中的一次次奇遇，想起了那个玉门姑娘，想起了我那个北京的朋友。而我那个朋友已于今年四月过世了，我伤感不已，不知那个玉门姑娘现在何处？听说玉门市早在前些年已整体搬迁了……

晚来风雨中忆起《枫桥夜泊》

国庆长假的几日，我是在读书和写作中度过的。西伯利亚冷空气的侵入使得边塞小城连续几日阴雨连绵，看不到逶迤、起伏的婆罗科努山，看不到蜿蜒流淌的伊犁河，远处的楼房和树木也都被阴云、密雾遮盖起来，朦朦胧胧使得人的眼前一片迷茫。大街上的行人稀疏了，即使有那么几个，也大多穿起了冬日里的衣服，或缩着脖颈，打着寒战，或举一把冷色的小雨伞，低着头，急匆匆地走着。

这样的天气，是极适合诵读唐诗、宋词的。至于为什么，我也说不清楚。我只是觉得自己喜欢在雨雾蒙蒙的日子里诵读唐诗和宋词，似乎只有在这样的日子里才能真正读出唐诗、宋词的意味来。而且我能在这样的日子里一个人静静地、长久地呆坐着，使自己的灵魂沉浸在一片雨意茫茫的烟雾里，穿越时空，穿越上千层的云雾，像隐隐约约地寻找到了一个个仙逝千年的故人，与之交流着千年不变的一种情感。

傍晚时分，窗外珠帘似的雨水依然在淅淅沥沥地下着，我在读了《唐诗一百首》和《郭小川诗选》之后，习惯性地拿起笔记写起日记来了。我在那洁净的纸上唰唰地写出一串串雨点似的文字，自己也不知道究竟写了些什么……

"寒雨连江夜入吴，平明送客楚山孤。"夜里孤灯独坐，聆听着敲打在窗棂上的滴滴答答的雨点声和窗外轻轻呜咽着的秋风撕扯落叶的声音，心里不禁又想起那些漂泊在外的凄苦、寂寞的日日夜夜，想起那些我所熟悉的朋友。当年的我们手里揣着一张小小的纸，告别家人，从天南地北千里迢迢地来到冀东大地那片热土上，欲施展拳脚大干一番，以实现自己真正的人生价值。但是仅仅不到一年，我们便分道扬镳，各奔东西，如同霜打了的枫叶，飘在苍茫、寂寥的苍穹里，从此不知去向。那个从伏牛山里出来的名叫建学的朋友，在接到自己的妻子遭遇车祸的消息匆忙赶回家后便杳无音信。听说他的妻子后来不幸身亡，留下一个不满周岁的孩子，真不知这些年里他是怎样带着幼小的孩子在生活的河流中苦苦挣扎着的。他那个当小学老师的妻子我是见过的，是一个不算漂亮却很年轻、很温顺、很善良、很富有同情心的女子，是伏牛山下一个小学教师的女儿，是家中最小、最令人疼爱的女儿。但也就是这样一个女儿，也听从了那张纸上的召唤，拉着一车家具跟随我那朋友在异乡结了婚、安了家。但不到一年，终究还是不能忍受离家在外的那份清苦和寂寞，返回故里继续当她的小学教师。建学则觉得不混出个人样儿来，难见父老乡亲，因而继续在外闯荡。不承想半年不到，噩耗传来，连夜奔丧，结果一去再无音信。我几次写信寻找，但伏牛山山高路远，壑深林密，阴雨霏霏，一个月难见几日放晴，建学遂如石沉大海，踪影难觅……

还有那个名叫艳辉，漂亮得如同一只小梅花鹿的清丽女子，在我孤寂、困难的时候，曾给予我多少帮助和慰藉啊！我至今还记得在我返乡上路的时候，她早早地起来给我煮了六个鸡蛋，招呼我过来，希望我"六六大顺"，一路平安，并且驱车两百多公里将我送至车站，又给我买了一篮又红又大的苹果。我在西行的列车上辗转了三天两夜，不能入睡，我思索着在外漂泊的六百多个日日夜夜，我回想着我那几十平方米的小屋里的一景一物，我忆想着我那小屋楼下的那棵婆娑的枫树，每当寂寥的秋天，它似乎在一夜间被洇染而红，红得如同清晨天际的朝霞，绚丽多彩。尤其在秋日大地上一片金黄的时候，那轮圆月清清亮亮挂在天际里，那风儿一阵阵地从暗夜无边的苍茫处吹过来，清清凉凉的，即使飘着一支羽毛，也轻柔地在月亮下闪烁着翎光。那座整日嘈杂的楼房里，静得仿佛只有我和艳辉。她似乎很懂我的心思，在一个月圆的晚上给我送来了《郭小川诗选》，书中就夹着几片赤红的枫叶。我的心被这真情深深地感动着。那是我多年来一直比较喜欢的一本诗集，那是我在著名作家杨朔的《香山红叶》中就已读懂了的一片红叶。我重温着这本诗集里的那些我已非常熟悉的每一首诗，并把那几片枫叶珍藏了很久，我的心胸因此而宽广起来。于是我在一个月高风凉的夜晚，写下一首长诗《静悄悄的十月》，赠给那个知我心思的清丽女子。记得头两句是这样的："静悄悄的十月，孕育着一个绚丽如虹的早晨。静悄悄的十月，秋风一阵阵从遥远的西部吹来……"啊，西部，我的西部，我仍离不开我那苍茫、辽远的西部，仍离不开我日思夜想的在西部大地上流淌的伊犁河。是艳辉给了我信心和力量："实在想得慌，就回去吧，没什么丢人不丢人的，那终究是养育自己的地方啊！"

　　"雪净胡天牧马还，月明羌笛戍楼间。"在外漂泊了两年后，我终于下决心回来了，回到了我那苍茫、辽远的西部，回到了我日思夜想的伊犁河。记得我回来的时候恰是秋高气爽的季节，戈壁、荒漠上朗月当空，苍凉无边。当我进入伊犁河谷的时候，却是阴郁的连绵细雨，满树的黄叶几乎在一夜间挣脱了树木枝丫，和那冷冷的雨水一起凄然地躺在泥地里。一行行大雁排着"人"字形在雨水停歇的铅云下低低地飞过，洒落阵阵凄鸣，我的脑海里即刻涌出"月落乌啼霜满天"的诗句，心里徘徊着一种难以名状的情愫，是想我那些四散而去的朋友？还是想漂泊中的那些酸甜苦辣？抑或是想那个善解人意、送给我枫叶的艳辉？

　　是，又都不是。我难以名状，只好用一支笔书写着心中涌动着的潮水。我写下了散文《漂泊归来的思绪》《阿勒泰草原上的陨石》《雪落昭苏》，写下了诗歌《初雪落无声》《守望皮里青》《秋》《月亮》……艳辉是极喜欢读我的作品的，归来后的日子里，我们常常书信往来。我的作品一经发表便先寄于她，她读了总是回复我以长长的书信。她说，我的作品表达的是一种隔着山、隔着海，压抑到了极致的一种哀伤、一种苍凉、一种淡定，一种从容、舒畅、潇洒和飘逸，含着一种淡淡的忧郁的美。循着那种美的感觉，她真的很想来西部看看，来伊犁河谷听听那伊犁河的涛声，来探寻一下细君姑娘究竟是在哪个山坡上写下了令人感伤了千年之久的《悲秋歌》。然而就在准备启程来我这里的时候，在一个清冷的早晨，她在一次意外的游历中溺水而亡，她的那位年轻有为的丈夫为救她也跃入水中，结果也因不谙水性，随她而去……

呜呼！痛哉！惜哉！悲哉啊！那些日子里，虽是暮秋冬初，天地间一片苍茫寂寥，但我悲哀的心绪无以名状，我的眼前似乎总是飘动着那么一阵江风、那么一点渔火、那么一树枫叶，期盼着那钟声能持续地响在我耳畔，使我能从失去友人的伤痛中走出来。一日做梦，不知不觉又回到了我漂泊时居住的小屋，看到了楼下生长着的那棵枫树，它还是那么生机勃勃、枝叶繁茂。我梦到过那个从嘉峪关来的老胡，我们又在一起教那些年轻的职工们唱《黄河大合唱》；我还梦到过我和艳辉、建学，还有从湖北山区来的那个名叫谭海清的土家族小伙子一起在唐山医院送别好友杨百军时的情景。那也是一个秋高星寒的夜晚，刚刚目睹了不到三十岁的好友百军的离去，我们都思绪万千，感慨不已，艳辉则惊得身子一阵阵发冷……就在这样的睡梦中，我也因身子发冷和心惊而醒，这才发现，自己原来做了一个梦，一个多么有趣而又苍凉的梦啊！那时正值清晨时分，我安睡不着，索性披衣走上凉台。蒙蒙的大地，沉沉的雾气，秋雨珠帘似的下着；近处的楼房舍宇、远处的农田果园、一片萧瑟；还有那一川西去的伊犁河，都被笼罩在了苍茫的烟雨中，浸润着一种弥漫着的而又难以名状的情愫……

"日暮秋风起，萧萧枫树林。"今晚，又是一片秋雨潇潇、冷风瑟瑟。雨敲打着门窗，风吹落了白杨树叶，满街飘移，昏鸦在夜空里四处躲雨，不时地鸣叫着。虽说那些漂泊的日子已经渐渐离我远去，那些在漂泊中相

遇、相知的朋友，却越来越像一座座雕塑，屹立在我的心海中，成为我一生的珍贵财富。特别是艳辉，她那清丽、灵秀的面容，她那善解人意的心肠，尤其是她给我的纯洁而真挚的友情，一直在我的心里珍藏着，如同秋日洒满如血般的晚霞的天空中那排着"人"字形悠然远去的大雁，那一阵阵隔空洒下的令人心醉的鸣叫声，就好像一首首令人撕心裂肺的诗，一支支让我激情涌动、永生难忘的歌。想至此，我仿佛一瞬间跨越上千年，脑海中又浮现出唐人张继描绘的画面：

月落乌啼霜满天，江枫渔火对愁眠。

姑苏城外寒山寺，夜半钟声到客船。

于是我的感觉好像变了。我想，我终究不过是一个夜泊的旅人，内心始终敏感而飘着委婉的思绪，血管里一直涌动着一股清澈、浪漫之水，喜欢穿越戈壁和沙漠寻找域外的"江枫渔火"，喜欢在"月落乌啼霜满天"的清晨吟唱人生的曲折与辉煌，喜欢结交美丽、善良而又灵魂高贵的朋友，那是千年不变的一种珍贵友情，是人一生中最值得珍惜的精神财富。想到这里，我好像又走进了张继的诗里，伫立在那寒山寺外的石拱桥上，故人不在，友人难觅，而钟声依然，心绪依然。那柔中带刚，妩媚间透着粗犷、雄浑而悠远的钟声徐徐飘来，将我那多愁善感而又狭窄的心胸一次次开启、扩展。我的眼前仿佛出现了一条枫叶铺就的山路，我好像又寻觅到了一片可以与之对话的天空、可以与失去的朋友交流的平台。他们的灵魂如风一样徐徐而至，轻柔而温存，娓娓动听地向我叙说着那值得珍藏的如烟往事和弥足珍贵的友情。因而一时间，那些生发于尘世中的喜怒哀乐、荣辱、眷慕等一切，皆被抛于九霄云外，我的胸中开始豁然开朗起来。我感受到了一种从未有过的清新、湿润，裹挟着霜雪的冰凉气息，正透过那窗棂的缝隙悠悠地飘进来，沁人心脾。我拉开窗帘，见连绵起伏的婆罗科努山上一片雪白，而东方的天际正燃烧着一片紫红色的云霞……

博尔博松的雪

今天一早，我乘车去天山深处一个名叫"博尔博松"的沟里，去协调落实一件内地的一位企业家要在那条贫穷、落后的沟里援建一所希望小学的事。

博尔博松意为"红柳沟"，距离我所在的城市七十多公里。

今年雪少，只下了一场雪，在城市里几乎已经看不见了。可是车一出城郊，满眼白花花的雪便扑面而来。我兴奋极了，思绪飞扬起来。

我想起十年前在首府党校学习时一件有趣的事来，也是在冬天。

那年冬天雪也特别大。我和同宿舍的老张、老王无处可去，寂寞地躺在床上望着窗外的雪花各自想着自己的心事，半晌，谁也不说一句话，只望着那雪花轻盈地飘落着。不知不觉，雪花把那漆黑的夜色也携带进来了。我似乎要进入梦乡了，忽然，老张开口说了一句话：

"这雪啊，真能把人带回以往的岁月里。"

老张是20世纪60年代从陕西来的大学生，学的是水利，一辈子在阿勒泰的山沟里修水库。年纪大了，组织给了他副县级的待遇，送至自治区党校学习，这似乎是他工作以来第一次进级别这么高的党校学习。我知道他的故事很多，但或许是存在年龄上的差异，他总是说半句留半句，遮遮掩掩的。今天他忽然开口，一定有什么动人的故事。

我说："老张，说说吧，这也没有外人，就咱们三人，这么久了也都熟了，不会出去乱说的。"我说完，又朝老王挤一挤眼，老王会意地

附和了几句。于是老张开口说了，没想到老张讲述了一个令人感慨的故事……

60年代初，他在陕西一所水利学校学习。因他在班里年龄最小，常有比他年长的哥哥、姐姐照顾他，帮他洗衣服，给他缝被子。特别是有一个很漂亮的、只比他大一岁的姐姐对他照顾得非常细心。他也一个劲儿地姐姐长、姐姐短地叫着。没想到，四年的同窗生活，那位大姐竟然对他产生了感情，毕业前夕，一个劲儿地这样、那样地暗示他。可他总是把她当姐姐，丝毫没有听出什么，以至于班里同学常拿他俩开玩笑，他也真当是开玩笑，有时憨憨地笑一笑，有时急了就朝说话者发一顿脾气。最后，毕业分配时，那位女同学问他志愿填报的哪儿，他说：新疆。她说：我也填报新疆。他说：你一女的去新疆干什么？那么遥远，填离家近一点儿的地方吧！结果，那位女同学见实在是没有希望了，便没有随他填报新疆。

老张讲完，叹了一声："唉，那时候一个是不懂，说啥也不懂；一个是懂，可说得又太含蓄，叫人懂不了。"

我听了哈哈大笑："老张，别叹气，那是你们没有缘分。"

老张似乎没有听到我的话，自言自语道："那时要是像现在一样多好，你看那电视、电影里演的，男的、女的在一起，不是搂抱在一起扯也扯不开，就是在一起亲呀亲的没完没了。这一看，那爱情是怎么一回事，谁不知道啊？连几岁的娃娃都知道。你看，现在中学生早恋的，都成什么样子了啊！哪有我们那个时候含蓄啊，我们俩那时常常牵着手上街，一点那样的坏心思也没有……"

我又笑着说："老张，你说的自相矛盾，一会说你羡慕现在的娃娃，懂得多，恨你自己那时懂得少；一会又愤愤不平，嫌现在的娃娃早恋的太多了。我说，你也不要怨时代，就怨你自己情商太低，脑袋瓜在这一方面开窍得晚，总之还是没有缘分。"

老张听了，长久地不吱声。我又问："老张，你后来怎么知道自己喜欢上了她？"

老张想了想，大概看我一脸诚恳，便说道："我来到新疆后不久就开始想她了，而且还常常梦见她。"

"是吗？怎样的一种情况下？"

"冬天，下雪的时候。你知道，阿勒泰的冬天特别漫长，雪也下得很大，一下就是几天。雪把公路埋没了。人只有待在房子里不出门，晚上又没有电，特别是在水利工地上，一个人的时候，常常爱回忆往事……"

"那是你寂寞啊，又没有电，呵呵……那你知道喜欢她，她那时的暗示你也明白了，那你为什么不写信告诉她，让她一起来呢？"

"写了，我也是鼓了很长时间的勇气给她写了信，可是晚了。她后来去了青海的格尔木。她是单位里的骨干，人又长得漂亮，追她的人很多。"

"哦，那就是说，她已经有男朋友了，那她也太快了。"

"唉，不怨她。她以为我没有看上她，所以不让她跟着来新疆。"

"哦，是这样。那这么多年了，你还想她吗？你可是有孙子的人了，怎么今天又想起她来了？"

老张嘿嘿一笑："说不清楚。也许是我老了，爱回忆往事了？也许是她太漂亮了，特别是她那双眼睛，水汪汪、清幽幽的。"

我笑道："老张，看来你是看上她的美了。"

"你怎么说都行，反正我是喜欢她。"

"那她老了，不漂亮了，你还喜欢她吗？你以后再见过她吗？"

"那是另外一回事儿了。谁都有老的时候……见过，那时她已经调回了西安，开始抱孙子了。"

"那你还想她？"

"平时也不怎么想，就是一不顺心的时候，还有下雪的时候。好像雪花里有绵绵无尽的心事，一般人不懂她究竟要说什么，好像只有土地和小草理解她，可是我们这些男人有时就缺乏土地那样厚重而博大的情怀，缺

乏小草那样的执着和细心，唉，人啊……"

　　老张说完他心中的故事，长久地不作声。我和老王思索着老张的话，也长久地不作声。

　　许久，我对老张说："老张，我要把你的故事写成文章发表。"

　　老张急忙摆手："不行不行……就是写，也不要写我的名字。"

　　我答应了老张。可从那以后，我不知为什么一直没有动笔把他讲的故事写出来。今天在去博尔博松的路上我却想起来了，不知是什么原因。我的眼前依然是白茫茫的雪，这是博尔博松的雪。不知今年阿勒泰的雪怎样，那个老张是否还好，是否还在下雪天回忆往事，想着他早年的那位要好的女同学……

照片上的姥爷

　　这是一张泛黄了的老照片。照片上的人是一位上了年纪的老人，似乎因为饱经风霜，历经磨难，他的额头上布满了皱纹，尤其是眼角周围堆起的褶子更多，好像什么心事未了。他的眼神忧郁而愁苦，无可奈何地望着当年给他照相的人，或是陪同他照相的人。他穿着对襟衣服，料子似乎是绸缎的；戴一顶瓜皮帽；穿着什么样子的裤子看不出来了，好像用一块白布罩着，照片洗出来后，用蓝颜色涂抹了。

　　这张照片上的人物是我的姥爷。照片大约摄于1957年底，具体几月几日，母亲在世的时候也没有告诉我。

　　我从没有见过我的姥爷。我想，大凡20世纪五六十年代出生的新疆人——我说的是那些在中华人民共和国成立初期由内地来新疆的汉族人在新疆养育的第一代人，其童年的记忆里是没有爷爷、奶奶、姥爷、姥姥的影子的。因为父母亲来了新疆即难再回去，不单因为路途遥远，还有一个实实在在的原因，就是那个时候内地的日子没有新疆舒坦，至少那个时候在新疆是能够吃饱肚子的。

　　我童年的记忆里就没有爷爷、奶奶、姥爷、姥姥的影子，甚至很久以后才将这几个名词印入脑海。那时在大杂院里听到别人家的孩子叫爷爷、奶奶或姥爷、姥姥，才意识到自己也应该有爷爷、奶奶，有姥爷、姥姥。可是当我问妈妈这个问题的时候，妈妈说：你爷爷在你爸爸十多岁的时候被日本鬼子打了后归来不久，就患病去世了；你奶奶走得更早，生你爸爸

的时候大出血，那个时候太行山里缺医少药，人的命天注定。你奶奶身子弱，也可能是得了产后中风，一个月后丢下你爸爸走了，走的时候大概也就20岁。我说我希望看到他们的照片，想对爷爷、奶奶有个直观的印象，看看我们这一代人，哪一个更像爷爷或奶奶。但妈妈总是摇头，因为老家在太行山里的小村，山高水险，道路不通，缺医少药，"照相"这一说在他们活着的那个年代还是很遥远、未曾听说过的一个名词。

这令我很是茫然。好在姥爷、姥姥活得长一点，而且母亲年轻的时候喜欢收集照片，我在母亲珍藏的相册里看到过姥爷和姥姥的两张照片。母亲说，这两张照片是父亲在1957年从部队转业前夕回老家探亲时照的。但那个时候的我只顾着自己成长，无暇留心那么多本应该好好梳理清楚的亲情。

母亲走后，这两张照片就传到我的手上，没有了可以对话、交流的人，想念父亲、母亲的时候，就难免慨叹父亲、母亲的一生怎么会是这样的辛勤而苍凉，这期间有爷爷、奶奶、姥爷、姥姥的影子吗？姊妹们在一起的时候，常说谁谁像父亲，谁谁像母亲，连说话、走路都像。那么即便如此，我在姥爷的照片上可以找到妈妈的身影吗？可以找到自己的影子吗？

母亲留下来的这两张照片：一张是父亲、母亲与姥爷一家的合影，照片上的人虽小，但我基本能够认出来；一张是姥爷的单人照，就是我在文章开头描述的那张照片。

姥爷脸上的表情，像心里有许多的愁苦无从叙说似的。现在想来，可能那时姥爷已经得了不治之症，体力不支，自知活不长久，因而虽说穿戴得整整齐齐，但依然难掩一脸病容。据说那时姥爷吃饭已难以下咽。果然，在父亲、母亲返回新疆的途中，即获姥爷病逝的消息。但那时父亲回归部队的时间已到，必须按时归队。所以，那一路，母亲是流了一路的泪水返回新疆的。因为母亲不止一次说过，姥爷、姥姥养了六个闺女、一个儿子，而最疼爱的就是母亲，自小把她当儿子养。因为什么，母亲没有具体说。但我后来想，这主要还是因为母亲在七个孩子里算是比较聪明、比较活泼的一个，而且比较孝顺、顾家。后来母亲在我们七个子女里比较偏爱我的二姐和我，就是很自然的了。所谓"孝顺"就是比较能够理解大人所说的话语。当然这是后话，这里且不赘言。

姥爷去世的时候是1957年底了，听母亲说，享年应是六十岁。姥姥与姥爷差不多同岁。因为十年后的1967年姥姥去世的时候是七十岁。

我小时候总听妈妈说：你姥爷一辈子都没有吃饱过，1957年回老家探亲的时候，家乡已经成立了人民公社，但还是吃不饱。而且为着生计欠了不少债，晚年生病的时候，别的不怕，就担心这债怎么还，还不了，姥爷的眼睛是闭不上的。妈妈说，你爸爸从新疆回老家的时候，将姥爷的债都还完了，你姥爷最担心的事情没有了，自然很是高兴，逢人就说三女婿好，参军到了新疆，有出息了，把他这辈子欠的债都还上了，他就是现在闭眼睛了，也没有什么可担心的事情了。既然这样，为什么姥爷在这张照片上依然是一脸的苦相呢？满目愁云，暗淡无光，似乎看不到一点儿光明所在。

这些年来，我没事的时候总喜欢端详姥爷这张照片，揣测着当年姥爷究竟是怎样一种心境，为什么他总是愁眉不展、一脸的苦相呢？记得妈妈说：1957年你爸爸从部队转业时，我是极力要回老家的，新疆有什么？新疆一个亲人都没有，都在老家呢！再说，山西人恋家，总觉得无论走到哪里，还是咱山西好。山西的山好，山上郁郁葱葱的，都是树木，哪像这新疆，山那样大，还光秃秃的，见不到几棵树木？山西水好，山西的水都是从森林密布的大山里流出来的，喝着是甜的，蒸出的馍馍、烙出的饼子是甜的，不信你将来回去试试！但是，无论母亲怎样流眼泪，父亲还是不回去。因为父亲说，回去老是喝小米稀饭，容易饿，那时麦子少，哪能总吃白面馍馍？急了他就说：你能老是让我尿尿吗？新疆这么大，这么多人都留下了，为着什么？当然是党和政府的要求，更与在新疆能够吃饱肚子是分不开的。

就这样，父亲和母亲留在了新疆，起初是在库尔勒。关于库尔勒，我一点记忆都没有，因为那时还没有我。母亲生前总是说那里梨树多，梨花好看，梨子更是香甜。还说父亲那时在库尔勒的一支骑兵部队里当连长，他骑的一匹白马特别对他的脾气，柔柔的像一根竹竿。远远地见了你，你还没有招呼，它就呼呼地慢跑过来，秃噜秃噜地叫两声，让你用手去摸一摸它的脸，捋一捋它的马鬃。

后来父亲转业到克拉玛依的第二年，我出生了。在记忆的深处对那座城市还隐约有一些印象。那里是一座戈壁滩上的新城，风沙很大，什么树木、什么绿色也没有，而且冬天奇冷。有一天我亲眼见哥哥把一个四岁大的女孩推到一口干枯的井里，幸好那口井浅，又是冬天，结着冰。那女孩头上瞬间鼓起一个大包，站在白花花的井底哭着、喊着，哥哥吓得撒腿跑了，厚厚的雪地上留下他两行小小的脚印。

那时妈妈也有工作，常常把我们姐弟三人锁在家里，没有人照看我们。我好哭，一哭就好摔东西，我家里有一座精致的钟表就是被我摔坏的。长大了提起这事，妈妈惊讶地睁大眼睛：怎么记得那么清晰?！进而又责怪我摔坏了那样好的一个钟表。妈妈是极爱那钟表的，多少年都没有丢弃，但那钟表再也没有走动过。而我把这一切，都怪在那个时候自己在家里没有爷爷、奶奶或姥爷、姥姥照顾，否则，我不会将那样精致的钟表摔坏，给妈妈留下那样深的遗憾。

我小时候淘气，喜欢爬高。记得有一次在猪舍前爬栏杆，忽然看到有两头小猪死在猪圈顶上，血淋淋的，接着就看到遥远的一个有绿草甸的山洼里，有两只狼一样的狗向我这里跑来，吓得我忙从栏杆上滑下，不小心把门牙磕掉了，以至于我的牙齿此后再也没有长整齐过。后来父亲到了伊犁，我更是像野鸭子一样四处跑，经常上房揭瓦，上树掏鸟窝或打群架，整天一身灰土，脏兮兮的。因为爸爸、妈妈总是忙碌着，无暇顾及我们。我们的脑海中始终没有爷爷、奶奶、姥爷、姥姥的印象，他们在我成长的岁月里只是一个遥远的名词，倒是这张姥爷的照片在母亲走后一直存留在我这里，有时候我想念父亲和母亲了，就拿出姥爷这张照片仔细端详。我想，我和姥爷是没有什么亲情的，但他在我母亲心里如山一样高大、厚重，只是那一代人心里所承受的苦痛是无从叙说的，是我们这一代人和时下正风华正茂的一代人难以理解的。

现在，我仔细端详着姥爷，心里揣测着姥爷照这张相时的心理活动：一脸的苦相，愁眉不展。他当时心里想些什么呢？是一辈子吃不饱肚子所致吗？倘若是的话，那个时候跟着父亲、母亲来新疆多好！不行，那时新疆还没有通火车，来一趟新疆，要走半个多月呢，路上颠簸会相当疲惫。我认识的一位朋友，当年来新疆的时候全家倾巢出动，但是，老母亲终因受不了长久的奔波，在汽车爬五台下果子沟就要进入伊犁河谷的时候，咽气了，一家人在尘土飞扬的公路边上哭了很久，最后就草草地把老人掩埋在公路边的荒草滩上。所以姥爷绝不会在自己身体那样虚弱的情况下跟着父亲、母亲来新疆的。那么是希望我父亲听从我母亲的规劝回老家来吗？父亲坚决不回，于是老人就愁眉不展？父亲说：要是真回去也是农民。你小姨夫当兵打到海南岛，结果不适应热带气候，非要回来，回来就是拿锄头种地，种了一辈子，什么也不是。我要是回去呢？也是一样。那你们兄弟几个现在还不是一样接着拿锄头种地，那苦你们能吃得了吗？父亲这样一说，母亲就不吭声了。我想，这些道理，父亲当年是跟姥爷说过的，姥爷一定很理解吧。

那么，姥爷究竟为何这样愁眉不展呢？我想起妈妈的性格，想起妈妈这辈子所付出的辛苦。最后我想，姥爷这样愁眉不展，也许是一种习惯，他习惯这样皱着眉，习惯用这样一种无奈的眼光看人，因为在他六十年的人生中，他是一个农民，勤勤恳恳种地养活一家老小，从没吃饱过。旧社

会有地主霸占着土地，他从上一代人那里继承的土地少，吃不饱是自然的，但是新社会了，土地收回去了，还是吃不饱，这让他想不通，于是他就愁眉不展，久了，就成了一种习惯。翻开那个时代的农民的照片，大多是这样一张脸。

这些年来，我就凭借着这张照片认识着我的姥爷，认知着那个已经远离了我的时代风云和岁月里的故事。因为姥爷是生活在最底层的人，是最能见证时代风云和岁月里的故事的人。

或许就是这样，姥爷才命短，早早地离开了这个世界，把他一生有关苦难的记忆都带走了。当然也许正是这个原因，母亲晚年才执意让我们在她百年后，将她和父亲送回老家的故土安葬。所以，这些年里，总有一种说不清、道不明的情愫隐匿在我的心灵深处，时不时地冒出来，让我觉得这世界总是变化多端，这人生总是那么短暂，身边的许许多多那么熟悉、那样生气勃勃的人说走就走了。我的心里也像揣着一把钥匙，锁定了自己的命运，经常一脸愁容地面对着这个让我日益感到"春草茫茫墓亦无"的世界。

唉，我知道我这样想的时候，我的面容应该不会像姥爷那样。生活毕竟是美好的，我们的日子也越来越好！

做一个优秀的男人

—— 给儿子的一封信

亲爱的儿子：

今天是你的生日。想一想，你一个人在外10年，这样的生日已经过了10次了。以往的今天，我和你妈妈都可以及时听到你的声音，你也可以接到我们祝福的电话。今晚，也不知你带领你的连队在哪里驻训，联系不上你已有半个多月了，我只好写这封信以表达我的祝福了。

一

10年前的那些岁月，每一个日子都是在家里度过的。春夏秋冬，每天日升月落，我们一家人都在一起，一起起床、洗漱，一起吃饭、穿衣，一起出门。你背着书包去上学，我则去上班。更早一些，是我骑着自行车驮着你，从那白杨树深处的小巷子里骑出来，走上宽阔的大道，七拐八拐地送你去幼儿园。也不知走了多少天，渐渐地，你上学了，喜欢与同学们一起走了。我感到一只小鸟开始有了翅膀。这个时候，我的心里稍稍感到了一种失落，但我知道，你终究要展翅高飞的……

就在这样的你渐渐长大的日子里，每次你过生日，我都要为你买上一个蛋糕，或者是一起去奶奶家做几样你喜欢吃的饭菜，一家三代人其乐融融，好不惬意。但自从你考上军事院校后，这种日子就再也没有过。起先你还很不适应，很依恋家中的那种氛围，那种浓浓的亲情氛围，每每离别的时候，你总是依依不舍，到了学校也还是好久不能从家庭的温情中缓过来。在你14岁的时候，我曾经写过一篇《给十四岁儿子的一封信》，教育你从此应该树立雄心大志，一个好男儿，一定要在少年时期就有干大事的胸怀和吃苦耐劳的准备，否则必会"少壮不努力，老大徒伤悲"。在你上大学的时候，我写了一篇《栽植春天的风景》，勉励你不要太儿女情长、英雄气短，这样不利于学习，不利于成长。很快你就从儿女情长中走了出来。渐渐适应了部队的学习和生活。部队真是一座大火炉、一所大学校，因为每年你生日那一天，战友们都为你操办好，大家一起热热闹闹，过得也挺有意思的。渐渐地，你喜欢上了这种方式，喜欢上了这种生活，儿女情长少了许多。开始的时候我们还有些不习惯，尤其是你妈妈，至今依然念念不忘你在家的日子。但我明白，溪水潺潺流淌，只有归入大海才会有浪花飞溅闪烁出的晶莹光彩。一个人，尤其是一个男孩子，长大了还不能到大海里去畅游，或是不能在蓝天上自由自在地飞翔，那就像有了翅膀却不能飞翔的鸟儿一样，这实在是一种没有出息的表现，是人类自我生存能力严重退化的表现。我不喜欢这样的男人，社会也不需要这样的男人！如果整个社会被不能吃苦，又没有什么能耐的奶油小生似的人物占据着、把持着，这个国家迟早要败落下去，这个民族也会衰亡，这样的男人也只能是所谓的"男人"，被别人瞧不起。想想你上军校之前有那么多的坏毛病：比如爱睡懒觉，遇到节假日，你以学习辛苦为由，一觉睡到晌午；比如见了生人不敢也不愿说话，一点礼貌和教养都显示不出来；比如怕吃苦、怕劳动，有着一些不切实际的空想，以及遇事总是愤愤不平等，都让我对你的将来发愁。要知道，你们这一代及下几代人生存的社会环境是很严峻的，没有好的习惯，没有吃苦耐劳的精神，要想自己的生活环境好一些是一件很难的事，更别说做个有出息的人了。所以，我最终给你选择了一条比较辛苦而又艰难的路 —— 职业军人。

二

现在来看，这条路你已经走得很熟练、很昂扬、很痛快了。人，无论做什么，有无兴趣是很重要的。当然，开始的时候你也不喜欢、不习惯，但你都依靠智慧和一种做人、做事本本分分、踏踏实实的情怀克服了相关的困难。现在想想，我归纳了这样几条：

第一，经过这些年的锻炼，你已经养成了一种很好的习惯。人们常说"性格决定命运"，其实是"习惯决定命运"。因为人天生是有惰性的，养成好的习惯必须克服惰性。以往在家里，你的衣物都是你妈妈给你洗，现在你自己会洗，每次回家来你都自己洗得很勤。你还说，你已经习惯了整齐，看不惯不整齐、不洁净的环境，看不惯邋邋遢遢、收拾得不整齐的人，看不惯我桌子上那些乱摆的书。可是你知道当年你的桌子上乱成什么样儿吗？哪一次不是你妈妈替你收拾的？过去你从来不爱体育，不爱活动，每次学校开运动会，你都是拿着衣物站在一旁吆喝的料。现在每天5公里，而且经常背负25公斤的枪支弹药进行越野训练，而且从来没有不及格过，都以优秀的成绩过关。还有其他的体能训练，都没有把你难倒。这真是让人难以置信。想想你小时候跨渠沟都要先下到渠底再跨上来，还不如同年龄的女孩。那个时候，我那个愁啊。

第二，经过这些年的锻炼，你已经具备了吃苦耐劳的本事和坚忍、顽强的意志。这些我就不具体叙说了。我最想说的一句话是，以你现在的状态，即使将来再遇见什么样的苦、什么样的困难，对于你，都不在话下。生存的能力你已经具备，并且已经有了一个男子汉应该有的体魄和形象，站在那儿就像一座铁塔，沉稳而坚毅。无论别人说什么，你都是坦然地笑一笑。

第三，经过这些年的锻炼，你已经有了明确的政治方向和思考问题的能力，特别是有了一些人文情怀和人文思想，对生命无比尊重，相信只有踏踏实实挖掘生命的内在潜力，自己的生命才会更有价值和意义。因而现在的你已经不再是夸夸其谈、好高骛远的那类青年，对国情有了比较清晰的了解，对自己也有了比较明确的认知。所以你在学习上踏踏实实，在工作上踏踏实实，这让我感到你将来的路一定是踏踏实实而富有成就的。这一点很重要。一个人如果没有踏踏实实的态度，没有坚忍、顽强的意志力，他这生命的路上怕是难有令人惊喜的彩虹出现，其生活尤其是心灵世界也是比较空虚而无聊的。

第四，你已经有了一定的领导能力。领导能力是一个人综合素质的表现。领导能力包括组织能力、管理能力、思考能力、发现能力、分析和判断能力等，这些能力只能在实践中学习、培养，只能在不怕吃苦，有意识地锻炼并总结中才能获得。这一点我无须多说，因为你已经用实际行动做了回答，比如将一个后进连队带入优秀连队的行列就是。我想说的是，你正在朝当年我们父子俩一起探讨的那个方向迈进，并且已经取得了一定的成效。这个方向就是：做一个优秀的男人！优秀的男人应该具备这样几点：经济基础、文化品位、政治待遇、社会地位。

三

那么，具体该如何解释这几点呢？或者说应该通过怎样的努力才能达到一个优秀的男人的标准呢？这里我结合现实社会的要求和社会未来发展之趋势，以及我自己的一些思考来说一说。

我觉得做一个优秀的男人，必须在以下几个方面取得成功，或者说进行不懈的努力，即使不能成功，其过程也是令人钦佩的：

一是要有一定的经济基础。没有这个基础，一切都是空中楼阁，虚无缥缈。

二是要有较高的文化品位。没有它，人便显得俗。俗在何处？俗者永远不会有什么感觉，也感觉不到什么，因为这是精神世界中文化、艺术审美方面的问题、感悟世界的能力和修养方面的问题，或者说，文化修养不到一定境界，是无以言说的。

三是要有一定的政治话语权和思考问题的能力。不懂得政治便不会很好地理解生活的所以然，也难以把握经济和社会发展的基本规律。所以说关注经济、关注社会发展的基本规律和特征，并且具备起码的经济和社会常识，是成为一个优秀男人基本的要求之一。现代社会已不同于以往任何一个时代，一个纯粹的书生是难以适应现代社会环境的，也是难以跟上社会发展的节奏的。

四是要有一定的社会地位。因为男人要敢于担当，担当家庭的责任，担当社会的责任。没有一定的社会地位，其责任就会少一些，所做的事情也会相对少一些；一个人的社会地位越高，其社会责任感就应该越强，所做的事情就会相对多一些。当然，这不是说一个人在大机关里待着就是社会地位高，不是的。社会地位是一个人的综合能力达到一定水平的自然表现，是你的成就、你的能力在一定的社会环境中和一定的层面上所拥有影响力的一种自然反映，或者说是一定的社会环境和层面对你的能力、你的贡献的认可度。有了这种认可度，你的话语、你的行为不仅会产生一定的效应，而且会产生一定的社会导向。这就是所说的你的社会地位在产生作用。一个人应该在有限的生命时光里让自己的智慧在更广泛的范围里发挥作用、产生影响，放射出更多的光芒和能量。

五是要有一定的文字书写能力。书写的过程是一个再思考、再梳理、再总结的过程。一个人一辈子经历的事情可能很多，但是要让这些经历过的事情成为不可多得的财富，就要有文字书写能力。这种能力包含的面很广，但作为一个大学生，一些基本的应用写作能力是必须具备的，这一点无须我多说。我要说的是，一个使自己的生命丰富多彩、使自己的内心世界无限宽广、美丽的人，还应该具备一定的文学能力，或者说至少应该喜爱文学，闲暇的时候喜爱读文学作品。这样不仅可以帮助我们进一步认识并发现这个世界的精彩，培养高雅而又浪漫的生活情趣和审美趣味，还能使我们在跌入人生的低谷的时候，获取生活的勇气和智慧。这样，即使我们生活的路上落寞、忧伤、失意了，也能从幽暗的隧道里优雅地走出来，从容、坦然地面对生活中的不幸。这样，我们的内心世界会逐渐充满温情，我们会从更广泛的角度去理解生活，并学会牵挂生命中那些永远难以忘怀的人和事。

著名作家王蒙说：热爱文学的人常常拥有两个世界。这样的人的生命，自然要比那些只有一个世界的人丰富得多，其内心世界自然也会强大起来。我想，如果说得再具体一点，人的一生会遇见三个世界，一个是生活的世界，一个是知识的世界，一个是精神的世界。作为一个男人，我认为这三个世界都应该拥有，这样才能为成为一个优秀的人打下坚实的基础。

古人说，一个有作为的人应有“三立”的壮志，即立德、立功、立言。前二者经过努力一般都还能够做到，或者说可以做得比较好；但后者“立言”是大多数人难以为之的。为什么？这主要是说“立言”是另一种生活方式，是一个人长时间地在昏黄的孤灯下默默久坐的一种生活，一种与天、与地、与自然万物对话，与千年以前的古人对话的生活，枯燥而乏味，但久而久之，其乐融融的情趣也就在其中。那个时候你就能将思想和情绪化为一种只有你自己才有的一种语言文字，就像一股清澈的泉水，从自己生命中的另一个世界里潺潺地流淌出来。所以说你曾经也坚持了多年的记日记的习惯，一定要坚持下去。

四

总之，是男人就要去远方漂泊，去探求未知的世界；是男人就应该像鹰一样去搏击长空，做一名生活的强者；是男人就应去大海上遨游，做一名热爱生活而又胸襟如大海一般宽广的智者；是男人就应该面对这个社会有所担当，至少应该活得有境界、有品位、有滋味，做一个让人尊重而又让人感到亲切的人；是男人，还应该学会时常放松下来，像鸟一样返回森林里看溪流淙淙，让自己始终不要忘记人类是从大森林里走出来的，那里才是我们的故乡；是男人就应该在自己年轻的时候有所付出，绝不能贪图安逸，不能期盼事事都一步到位。那种一步到位，或者一辈子顺顺利利的人，其阅历大多是单调而寡淡的；如果再没有思考的能力，其一生也许是苍白无力的。所以一些经历了世事沧桑并有所成就的长者总是这样告诫年轻人：人在年轻的时候要去远方漂泊，要选择一条比较艰辛的路，去经风雨、见世面，去锻炼自己的实践和生活能力，去积累自己独有的那么一种生活阅历和经验，去获取属于自己的那么一种思考问题的能力，进而形成一种自己特有的人格魅力。这样，才能书写出不一样的人生画卷来。

当然，通往这个方向的道路很漫长，也很崎岖，因为说到底，人这一辈子是要不断跋涉、不断学习的，不能停下来。一停下来，优秀的品质和感悟能力就会大打折扣。只有踏踏实实地走，谦虚谨慎，戒骄戒躁，善于学习，并善于在实践中运用、总结，你才会越走越远，路越走越宽广。

儿子，明天，哦，已经是今天了 —— 你的生日，爸爸、妈妈都不在你身边。但你有你的工作，有战友们围着你，你的生日一定是充实而有意义的。先苦后甜，甜，往往在忘我的努力奋斗之中！先大家，后小家，届时大家、小家兼顾，那才是一种有层次、有意义的生活！

　　谨以此文作为爸爸对你生日的祝福！当然，你也要多加小心，在做好工作的同时保重身体！

爸爸

6月17日凌晨写于新源

大海无语

年少的时候，我就十分向往大海。向往大海的辽阔，向往大海的蔚蓝和壮美。

记得上中学时读高尔基的散文名篇《海燕》，觉得自己就是那勇敢、无畏的海燕，在暴风雨来临的时候，高傲地在碧波万顷的大海上自由自在地飞翔，我仿佛看到了大海汹涌澎湃、排山倒海的气势，看到了大海在翻滚的乌云的映衬下的壮美……

上山下乡的时候，因为生活在偏僻的山村里，没有电，也没有书报，日子过得十分寂寞。寂寞的时候就想念海，想念到极致时，便在一次去县城的时候买了一幅有大海的画贴在自己的床头，画面上，伟人毛泽东披着一件深黛色的大衣，站在大海边上的一块礁石上，面带诗人的微笑，欢喜地望着浪花飞溅的大海。望着这幅画，我的脑海中常常浮现苏东坡笔下的浩浩长江："乱石穿空，惊涛拍岸，卷起千堆雪。"想起毛泽东的著名诗词《卜算子·咏梅》："待到山花烂漫时，她在丛中笑。"我常常手捧着毛泽东诗词，在大雁鸣叫的清晨，在广阔无垠的碧绿草原上，在蜿蜒西去的巩乃斯河河畔的黄昏里大声朗读着："大雨落幽燕，白浪滔天，秦皇岛外打鱼船，一片汪洋都不见……"于是，我感觉自己仿佛真的面对着茫茫的大海，感受着人类沧桑的历史不过是大海中的一朵浪花，短暂而又渺小……

这样想着，我更加渴望看见真正的大海，尤其渴望在北戴河边漫步，

一边吟诵毛泽东的那首名词，期盼着在瓢泼的大雨中体味魏武挥鞭，跃马驰骋的历史画面，并体会一代伟人写下那首词时是怎样的一种心境。

然而，许多年过去了，我一直生活在遥远的西部边陲，从未看见过真正的大海。海，只存在于我的想象中，只留在我保存的年画上。我不知道海风是怎样的凉爽而令人迷醉；不知道海的波浪是怎样拥着一艘艘船只远航至天涯海角；不知道乌云翻滚的时候，海燕是怎样高叫着自由自在地飞翔。一句话，我对海，没有那种刻骨铭心而又激情澎湃的感受。

当我的生命之舟驶过了四分之一个世纪时，我才有机会乘一辆大卡车"爬"出海拔2000多米的果子沟，走出伊犁盆地。当卡车跃上弯弯曲曲的山路登临赛里木湖时，我惊讶地大叫，以为那就是我梦寐以求的大海！赛里木湖是那样的湛蓝、澄澈，水天一色，像一面巨大的镜子，映照着蓝天和白云；她是那样的令人沉醉、令人憧憬，让人一见便沉浸在无边的美好而浪漫的情思中……然而，她终究是一片湖，是一枚光滑、油亮的羊脂玉，是上苍把她抛到戈壁深处，为那些渴望看到大海的人解决饥渴问题之湖……

那年七月，我与妻从南京乘船自长江顺风而下，至上海吴淞口时，我以为这是我第一次看到了海，因为此时的长江已由浑浊逐渐向蔚蓝转变，而目光所及是一幅浩渺无垠的画面，我的心仿佛一下子被这画面震慑住了：大海啊，她碧蓝，她壮阔，她辽远，她神奇，她伟大！她让我感受到了人类的渺小、自私、狭窄和自大。令人惋惜的是，船没有驶往大海，只在吴淞口码头靠了岸。我和妻下船乘火车去杭州游了一趟西湖。清丽而秀美的西湖，让我暂且忘却了对大海的向往。

整整十年之后的一个夏天，我终于有机会来到旅游胜地北戴河，可以看到湛蓝湛蓝的大海了，可以身临其境领略一代伟人当年写下那首词时的心境了！但我终究不是当年那个血气方刚、充满了幻想、好激动的小伙子了，我的青春、我的壮志和理想，似乎都被茫茫戈壁上的岁月风沙消磨得无影无踪了，我就像一艘小船毫无目的地漂泊在人生沧桑的岁月里，倒是我那年幼的儿子见到大海的时候，不禁叫道："啊，这就是大海，大海……"

那年夏天，我们一家人在北戴河待了整整三天。清晨，我赤脚漫步在长长的海滩上，海风徐徐吹来，掠起我的额发；骄阳似火的时候，我就像孩子投入母亲的怀抱，尽情地在大海中畅游；傍晚，我伫立在海边，看夕阳西落，看大海随着晚霞的消逝而生发出清风和细浪，那清风和细浪不知疲倦地轻轻拍打着岸边的礁石……

从那以后，我数次前往北戴河，但我从没有拿起笔写点什么。因为当我第一次面对大海的时候，我的心境就如同面对着大西北辽阔无垠的戈壁滩一样，寂寞而惆怅。我想，莫不是她们有着相同的意境？你看，戈壁茫茫，大海也茫茫。如果说亿万年前的戈壁曾经是苍茫的大海，那么亿万年前的大海兴许就是茫茫戈壁。因而面对着大海，就像我千百次地面对着茫茫戈壁一样，戈壁无语，大海无语，我也沉默无语。

2004年9月，我又一次来到北戴河，依然是这种感受，只是那天傍晚我亲历了一次人与海的搏斗，让我终于拿起了笔。

那天下午，我从立有毛泽东塑像的鸽子窝回来，已是薄雾霭霭的傍晚了。我立于海滩上，海风一阵阵吹过来，随之一阵阵海浪拍打过来。正当我经受不住海风海浪的侵袭转身欲离开时，忽然，我看到大海中有一名男子在击水拍浪。他从这头游到那头，约有数百米的距离，巨大的海浪一次次将他淹没，他又一次次地从海浪中鱼跃出来。他悠然自得地游着，似乎那海风、海浪是他天然的伙伴。他则像大海的儿子，大海养育了他，他怎能惧怕大海呢？我在惊讶、敬佩之余，忽然感悟到：大海是苍茫无边的，但人没有权利让自己的一生永远渺小而无为。就像这位勇者，与自然为伴，与大海为伴，不怕孤独和寂寞，也不惧海的苍茫和辽远，越是在阴风怒吼、浊浪滔天的时候，越要激流勇进，越要焕发出一种"好男儿志在有所作为"的斗志和精神；即使一辈子默默无闻，也要把生命中最勇敢、最坚韧、最顽强、最美丽而鲜活的一面展现在大海面前，让大海锤炼自己的意志，让大海洗涤蒙在灵魂上的俗世尘埃，在大海里展示自己美丽而鲜活的灵魂世界。而我也知道，人的灵魂只有在无畏的进取中才能得到升华，才能达到令人崇敬、向往的境界。

　　于是那天晚上，我想起了年少时读过的散文《海燕》，想起了毛泽东的那首词《浪淘沙·北戴河》，想起了下乡时我在靠床的墙壁上贴的那幅名叫《心潮》的油画：毛泽东站在海边的礁石上，愉悦地望着如雪的浪花，望着那激情奔放、与天际相接的大海；而天际是星星点点的船舸，是层层叠叠、绚丽多彩的云霞……

学会感恩

我是一个对生活常常怀有感恩之心的人。

我感恩我的父亲母亲，是他们给了我生命，一个鲜活而有智慧的生命；是他们给了我身体，一个强壮的、可以抵挡风风雨雨的身体；是他们供养我吃穿住行，供我读书学习，养育我长大成人；是他们帮助我成家立业，帮助我照料牙牙学语的孩子。我是他们的最爱，他们是我生命不竭的源泉。在我养育子女的日子里，我深深体会到，父母的恩德自己是一辈子也难以报答完的，这还不算那些情感的投入，那些日日夜夜缠绕不断的牵挂，那些满怀希望的憧憬和耐心、无休止的等待。等待我成人，好让他们疲惫的身子歇一歇；等待我长大了能够为他们分担一点生活上的压力；等待我长大出息了好让他们的脸上有喜悦的光彩；等待我能够使他们的晚年生活无忧无虑、安详而从容；等待……

可是当我长大了的时候，一直在生存、发展的路上奔波，无暇顾及父母的牵挂，没有能力分担父母更多的压力和辛苦的操劳。而当我能够尽我所能的时候，父母已无暇享受，他们已经化成一缕云烟消失在无边的天际，成了清明的一缕缕烟，缭绕在我朦胧的泪眼前，使我只能在夜夜呼喊的睡梦中再见他们那可亲、可爱的音容笑貌……

我感恩我的老师，是他们教我以学识，让我拥有了可以翱翔宇宙的翅膀，让我苍白、愚钝的大脑储存了可以照亮夜空的火焰、可以与未来和历史从容对话的能力、可以从容地安排自己的生活节奏并实现自己的生命价值的智慧。他们期望我是他们生命中最美丽的一道风景线，他们期望我是他们栽种的那株最美的花、那枚能给人的生活带来甘美的果实、那棵枝叶繁茂的大树。他们期望我像他们一样，高举起人类文明的火炬，并将其一代代地传递下去，使其照亮荒凉的宇宙世界，使更多的人摆脱蒙昧和愚钝，心灵的窗口升起一轮明月。

　　然而，当我按照他们的期望成长并有所作为的时候，我的老师们的身板已经像一座被频繁往来的车辆压弯了的小桥，孤零零地立在那儿，垂着手，朝着远方眺望着什么，是在期盼学有所成归来的学子？还是因为眼前的荒凉和天际里浮现的那一团团流沙而茫然？

　　我感恩我的兄弟姐妹，是他们给了我天真烂漫的童年和世界上难以买到的亲情，是他们在我失去双亲的最痛苦的日子里，和我一起携手，走出了人生中那一段最为暗淡的时光。我知道，一直到我生命终结的时候，能够陪伴我、给予我生命力量的，依然是亲情，是兄弟姐妹的扶手相望，是浓得化不开的那一份亲情。亲情即是乡情，乡情便是文化，便是流淌在我心中的那么一股清澈的泉水。这股泉水可以生出优美、抒情的诗歌，可以幻化为朴实、厚重的散文，可以使我通过诗歌和散文来歌颂朴实无华的生活和真诚、挚爱的友情，来构筑并升华我的灵魂世界。我因此重视这份亲情，享用这份亲情，感恩这份亲情，它是我生命中的旗帜，是我生命的航程里一座永远屹立的灯塔。

　　我感恩所有给予我帮助、给予我真诚的友情的朋友们，他们是我生命中的河，是我生活里的歌。没有他们，我的生命之河将会断流；没有他们，我的生活将不再响起朗朗动听的歌谣。我的生命将暗淡无光，我的生活将郁郁寡欢。我的灵魂将在无助中走向荒凉的沙海，我的歌喉将在寂寞与沙哑中失去往日的光彩。

　　生活往往就是这样，当我拥有了这种感恩的能力，我的脚步总是慢了半步或一步，父亲、母亲永远不能再看我一眼。我总觉得他们在我想起或谈起这一话题的时候，总是微笑着摇摇头、摆摆手，转过身便融进了云雾里，飘向了西部的天空，永不再见。我像迷失在荒漠中的孩子，抹着一把把苦涩的泪水，在冰冷而又清凉的月光下洗涤着自己的灵魂。我的懊悔、我的疲惫的身子，我的已流逝的永不再现的时光，那可是我一生中最为美好的时光啊……

所以，我时常怀念我的老师。因为父母走了，老师便是我人生路上最为亲近的导师了啊！但当我渐渐走向中年，享受着午后的阳光的时候，我心中最亲近的、看着我长大并和我保持了几十年师生情谊的老师，也在生活的艰辛中渐渐衰老，消瘦的身子、满头稀疏的华发在秋后飒飒的风里飘着……

所以，我时常想念我的兄弟姐妹。因为父母走了，我们就像失散了孩子，各自在生活的路上奔波，虽说各自有了自己的家，有了那么一片属于自己的狭小天地，但也从此开始真正理解了当年父亲、母亲生活的艰辛，混沌的大脑开始豁然开朗，但一切都已经晚了。渐渐地，愁思爬上他们的脸，他们的手脚不再那么利落，眼睛里似乎注满了沧桑和疲惫，不再那么烁烁闪亮，目光也不再那么亲切而柔和……

所以，我时常想念我的那些真诚的朋友。但他们与我一样，父亲、母亲该走的都走了，平静地招招手，露出一丝和蔼的笑容，便坦然地离去。当然，有的也被病痛折磨得骨瘦如柴、气若游丝……

唉，人啊，为什么当你学会了感恩的时候，一切都已在失去与懊悔之中了呢？

所以我想说，出名要趁早，感恩也要趁早啊！否则，那个"名"一文不值！否则，有再多的钱也难以换来一生的幸福！

因为，你已经失去了母爱与父爱，你已经失去了亲情与友情，你已经失去了感恩的最佳时间和机会……

　　所以我想说，感恩，你要从刚刚懂事做起，要与你的成长相随！

　　如此的你，才会在成长中幸福生活，才不会有那么多的痛苦与懊悔。因为，这种痛苦和懊悔所伴随的时间是那么的漫长 ……

唐布拉原野上的思绪

当祖国到处春回大地、花香满山、绿飘天涯的时候，我们西部伊犁河谷的山野里仍是一片荒凉。你瞧，虽说白茫茫的雪正逐渐向山峦上褪去，但她仍像身材丰满而又懒得早起的女人，盖着的被子也像很久没有洗过了，抑或是反正是西部，人烟稀少之地，又是冬天，谁管谁啊？于是就那么不显寂寞地在那里舒适地横躺着。一些零零落落的残雪仍东一处、西一块地趴在背阴的角落和沟沟坎坎的洼地里，偶尔见到一些被翻耕出来的土地，便欣喜地轻轻将车窗打开一道缝隙。即刻有一缕凉爽的气息夹杂着一股久违了的泥土味儿飘进来，这使我感到伊犁河谷的春天虽说姗姗来迟，但一切都在悄然苏醒着……

喀什河的上游叫"唐布拉"。那里距离伊宁市200多公里。就在这样的山谷里，静悄悄地散落着16个乡镇场。这16个乡镇场归一个名叫"尼勒克"的县府管理。

我们的车在进入喀什河谷的时候，视野里就是这样单调、乏味的景色，一片荒凉。当然，这一切都是暂时的，进入五月的时候，这里的山野才会绿草茸茸的，地毯一样从山顶上直铺到山脚，而隐匿在山脚的便是一条清凉的河水——喀什河。

喀什河水质清澈，由天山上的雪水和无数泉眼涌出的泉水汇集而成。专家们说，像喀什河这样清澈的河水从全国来讲都是少见的了，她清澈、透亮得几乎没有一丝尘埃，春夏秋冬，一年四季，都不随意显露自己的模样，你只有在她浇灌着农田和数十万亩原始次森林的时候，才会看到她的雍容大度、碧波荡漾的风采。

我们在临近傍晚的时候抵达了尼勒克县城。我在下榻的宾馆里把窗户打开，一边自在地呼吸着乡间原野沁人心脾的气息，一边欣赏着窗外朦胧而又静谧的景色。你瞧，远处是一片云雾弥漫，白皑皑的雪山隐匿在云雾里时隐时现；近处是一片潮润的氤氲，裸露的树木枝丫在微微的寒风里摇头晃脑，好像欲从憋闷了一个冬天的身躯里挤出绿色的枝叶来，也好像暗示着这里的晚上或是有蒙蒙的细雨飘来，或是有轻盈、飘逸的雪花落下。

夜里睡得比较早，后半夜里隐隐听到细雨敲打窗户的声音，是一种异样的、久违了的声音，我心里喜着，想起身拉开窗帘看个究竟，但睡意蒙眬的我怎么也睁不开那双眼睛。

第二天早晨起来，果然是夜里下了一场清润的小雨，满地湿漉漉的，虽说空气里夹带着几丝雪山冰川的寒气，但湿滑的树木已泛起了淡淡青绿，一片片枯黄的草丛下，也显露出嫩嫩的小草芽来。这使我们考察组一行精神抖擞，驾驶着的越野车飞速上路，不一会儿就到了人称"小三峡"的吉仁台水电站。

说它是"小三峡"，是说在空中鸟瞰，一水而过的喀什河谷在这里曲折、绵延100多公里，山势陡峭，从中横一大坝，便可成一巨大的水库。西部大开发的号角吹响的时候，国家投入巨资修建了这座名叫"吉仁台"的水电站。为修建这座水电站，沿途淹没了好几个村庄，几万人搬迁。水库长七八十公里，面积达50平方公里。盛夏季节，这里群山逶迤，一汪湖水相拥而卧，时而像一块碧绿的翡翠，时而像一片带有花纹的毛玻璃，时而又像一块美丽的天鹅绒，水泊潋滟远接天边云霞，一片蔚蓝，一片苍茫，阵阵凉风吹来，如媚眼楚楚生情，你的心一定会沉醉其间的……

进入天山深处，视野里的荒草渐渐稀少，白雪皑皑、一片苍茫的景色映入眼帘，心，似乎又回到了寒风凛冽的冬天。我的大脑一下子又紧缩、封闭起来，不愿意多说一句话，只睁着两眼呆呆地看着什么。其实山野里近乎什么都没有，偶尔有几户牧羊人家的牛羊散落在山野里啃食着雪野里的枯草。我想，都说"春江水暖鸭先知"，但在海拔1000多米的高寒地带，最先感知春天的，应该是那些不知疲倦啃食枯草的牛羊吧……

我们往里走，地势越来越高，似乎要到天边与朵朵白云亲吻了。而喀什河的源头就在天边那银灰色的烟云里，因为那里是海拔四五千米的雪域之山，终年被皑皑的冰山覆盖，只在雪线的底部有滴滴答答的雪水滴下，汇成溪水，积成河流，顺山而下，这才有了冰凉如雪、清澈如碧玉的喀什河水。只是那里太遥远、太险峻，很少有人登上那皑皑的雪峰之巅去欣赏喀什河谷的美丽风光。

记得20多年前，有几个文人墨客随牧民骑马行走了两天两夜，也没有抵达那座依连哈比尔尕山的山脚下，倒是途中遇见一个高山湖泊，周围草木茂盛，鲜花朵朵，成群的蜜蜂嗡嗡地飞来飞去，成片成片的落霞般的蝴蝶遮住了几位文人墨客的视线，使他们不忍再向前走去。其中的一位文人打趣说："文人啊，天生的情种，看到花花绿绿的蝴蝶就舍不得往前走了，成不了大事啊！"一位文人回敬道："要走你走啊！人啊，活一辈子图什么呢，还不就是图个舒坦吗？"可是怎样的生活才算是舒坦呢？一个字：美。美是一种高雅的文化情趣，审美是人类独有的一种心理活动，没有审美的意识，就没有人类的文明发展史。所以热爱美的人，一定是情感世界丰富多彩的人，他们会创造性地生活，会让自己的生命无论在怎样的环境里，都能焕发出异样的光彩来，并不一定非要登上什么最高点看得最远，才算是最有风采、最为幸福啊……

行驶至230多公里处的时候，在喀什河的边沿上有一座煤矿，这是兵团人在20世纪50年代末建立起来的。据说，那个时候这里的煤炭裸露在外，一年四季有烟雾缭绕，屯垦兵团人发现了，便有一个营的部队进驻，在这里开挖起了在当时算是现代化的煤矿。从此，草原上的人们告别了燃烧牛粪或木材的历史，并且在"大跃进"的年代里，山那边的巩乃斯草原上建起了两座钢铁厂，炼铁、铸钢所用的焦炭，就是来自这座军垦人开挖的煤矿。

20世纪70年代初，在"文化大革命"中落难的父亲举家来到那座钢铁厂，我没事的时候，常搭着拉运焦炭的车来这里玩耍。那沿山势筑就的公路，只能容一辆车经过，倘使遇见错车，其中的一辆必须在一个稍稍宽敞的地方耐心等候，有时车的两个轮子紧压着河的边沿走，吓得我脸色煞白，心嘣嘣地跳……

我们的车进入煤矿的时候，沟沟坎坎的路没有了踪影，代之笔直、平坦的柏油马路，但一些破旧、低矮的房屋依然"健在"，似乎在顽强地向我们一行证明着什么。看得出，这里有了变化，但变化似乎不大，房子依然破旧，道路依然泥泞，所见的矿工大多是民工，那些最先来这里的拓荒者呢？他们如今生活得怎样？

距离这里不远处，有一个养蜂场，种植着大面积的土豆和油菜。每年的秋季，黄的一片，白的一片，粉的一片，加之满山遍野野草、野花，成群的蜜蜂嗡嗡地飞来采蜜，甚是繁忙，景色真是异彩纷呈，迷人极了。

记得那年十月，我随父亲乘车行进了30多公里的山路来到这里挖土豆。寂静的山野里没有几户人家。到了中午，也没有什么吃的，就吃几口随身带的干馒头，一口水也没有喝上。回去后我的嗓子就肿了起来，挂了许多天吊针。也就是从那以后，一感冒，我的嗓子就疼肿、发痒，特别是上大学的时候，伙食不好，身子又弱，常常感冒发烧，最后不得不给嗓子做了手术。

嗓子落下的疼痛感至今记忆犹新。但现在想起这些往事，更多的是想念父亲了。父亲那时年近50，一天忙完了厂子里的活，又要忙我们一大家子的吃吃喝喝，着实够累的了。但沉默寡言的父亲似乎从没感觉到什么叫累，父亲的骨子里有一种幽默，从不会让你感到乏味。不管干多累的活，他也不多说话，你都能从他幽默的微笑里感到一种别样的轻松和愉悦。

记得那天我穿的衣服特别单薄，一阵阵寒风透过车窗的缝隙吹进来，我的身子一会儿便开始发冷，上下牙打战。挖土豆的时候，头发热、发闷怎么也抬不起来。父亲就让我撑着麻袋，装满了一袋袋土豆，他一袋袋扛着装上车去。当乘车返回的时候，父亲那温和而慈祥的脸在高原的太阳下被晒得发黑，满身、满头的尘土，但依然微笑着望着我，似乎在说：孩子啊，生活才刚刚开始啊，以后的日子还长久着呢！这点苦痛算什么呢？

从那以后，我每次来这里时，都不禁想起那一幕，想起这里的垦荒者们。据说他们是20世纪50年代落户在这里的。我十多年前做党史工作的时候，查过一些资料，那些垦荒者在"三年困难时期"中背井离乡，不远万里来到这荒无人烟之地，点起了一代垦荒者的炊烟。他们有的来自山东，有的来自安徽，有的来自江苏，有的来自四川，有的来自甘肃……随身所带只有一条破被子和几件旧衣物，住的是比我们工厂还要差的地窝子。当政府发给他们几把工具后，这里便渐渐出现了房屋，出现了公路，出现了学校和医院，出现了欢声笑语……

如今这些前辈们都到哪里去了呢？我在车里四处瞭望的时候，不时看到一座座落满白雪的坟茔，坟茔上长满了萋萋枯草，我想，他们中的大多数就安息在这里了吧。

这个时候，太阳已经开始西沉，荒原上有了萧萧飒飒的风吹枯草的声音，像是在喃喃地诉说着什么。远处的山峦披上了彩色的衣裳，晚霞开始燃烧，有一行大雁排成"一"字形，鸣叫着悠然地向燃烧着的云霞里飞去，苍茫的天际里开始有了闪烁的星星。

我想，父亲那一代人是亘古以来绝无仅有的一代人，他们虽身处偏远

之地，条件艰苦，但他们无怨无悔地做着亘古以来从未被做过的事情。他们的人生是一个巨大的背景，我渺小的一生永远也走不出这个巨大的背景，它镶嵌在西部广袤的沃野里，镶嵌在共和国的开发史上。

哦，初春时节的唐布拉，我的灵魂在荒原上的风中得到了一次洗礼！

我的眼泪流成了河

　　自从母亲于八年前去世以后，我就很少流泪。不是说男儿有泪不轻弹，而是已到中年的我，清清楚楚地看到了自己人生路上的另一扇门已悄然打开，我透过那扇门的门缝似乎看到了天堂里的父亲、母亲及我所熟悉的长辈们在那里谈笑风生，人世间的一切烦心之事似乎都与他们无关，因为他们已经完成了自己那一代人的任务，而且完成得相当不错，至少他们留下了一个干干净净的名声，留下了一个没有被污染的环境，留下了一个可以让人怀念的激情燃烧的岁月。

　　这些年来，我在工作中尽最大的努力为百姓、为我们这个社会做了一些实事，并且遵照母亲的遗愿，照顾好了几个兄弟以及兄弟们的子女教育上的事情。可以说，如果不常常回忆那些令人心酸而又难忘的岁月，我的生活中没有什么可以让我心烦、苦恼的事情。

　　但是自从"5·12"汶川大地震发生后，我的心绪变了，我的眼泪流成了河，我的那些所有苍白而无心酸之感的日子，似乎全部变成了泪的海洋，我在这泪水的海洋里，一次次洗涤着自己的灵魂、自己几近麻木了的心灵。

　　我哭我们那两鬓斑白、身影清瘦的好总理。他总是在最危险的时候出现在人民面前，他的一言一行令多少所谓的"公仆"们黯然失色，他说的每一句话，都是那么有力、那么坚决、那么充满感情，让人不禁热泪盈眶。比如他对解放军救援部队说："人民养活了你们，你们看着办吧！"他看着那些孤儿心如刀绞，哽咽着说："孩子们的心灵创伤很深……"

我哭那些武警官兵。当时，一个战士不顾危险硬要再继续抢救被埋的孩子们。他无奈地跪在空旷地带，似乎在祈求上苍，又似乎是对拦他的领导说："不要拦我，让我再救一个孩子好不好？"说罢，无奈地仰天长嚎，跟随的记者看到这一幕，也号啕大哭。中华好儿男啊，只有这样的时候，才哭得撕心裂肺！不知苍天是否有情？可否知晓？

我哭那个名叫马健的小男孩。他硬是用双手挖了四五个小时，把埋在废墟里的同学救了出来。他说："你坚持住，你是我们班年龄最小的，我一定把你救出来！"一个十几岁的小孩在无私、无畏中产生了怎样的勇气、怎样的境界啊！据说就在他背着他的同学刚走出废墟一分钟后，那高高的已断裂的墙壁就彻底倒塌下来……

我哭那个名叫谭千秋的老师。当地震发生的时候，他让孩子们钻到桌子下面，他两臂伸开趴在桌子上像老鹰来侵袭的时候紧紧护卫着自己的孩子的"鸡妈妈"。结果，桌子下的四个孩子得救了，他却魂归天国。他的妻子张关蓉泪流满面擦洗着丈夫的手掌。那画面让人揪心痛肺，不忍目睹。一名网友饱蘸深情的笔墨，吟诗道："舍身一躯当护荫，换得山花再绽放，魂归处，满山枫叶最浓时……"

唉，那一个个悲惨不忍目睹的画面，我不想再在这里叙说了。远在内地上学的儿子给我发信息说："爸爸，今天我们捐款了，我捐了500元，我们还准备着去献血。"又说："爸爸，很遗憾没有看到你博客上的原创文章，那么多催人泪下的事，你怎么不写啊？"

我回复说："爸爸难过，写不出来……"

是的，我写不出来，唯有泪水一行行。人说愤怒可以出诗人，悲伤也可以出诗人。可我写诗、写散文，一向追求的是美的语言、美的意境，从而让人在美的熏陶中产生美的向往或美的遗憾。可这些天一个个血淋淋的画面，怎能与我所追求的写作风格合拍？！我怎能以那些惨不忍睹的现实来丰盈我的文章?！我也写不出忧郁而苍凉的诗歌来。坐在电脑前，我两眼一片茫然，我眼前晃悠的仍然是一个个倒塌了的房屋，仍然是一具具死难者的遗体。我也写不出那些意境优美的散文来，我的笔似乎已经被苦涩的泪水堵塞，我的耳畔是一声声凄惨的惊叫声，呼救声，呼喊、寻找亲人的声音……

所以我这个堂堂七尺男儿只有哭。看到总理在奔波、忙碌，脸越来越清瘦，我就想哭；看到一个个被救出来的同胞，我也想哭；听到那我所熟悉的四川话，我就泪眼蒙眬。而且我明知道一看那些画面就不能自己，但我还是每天在看，我似乎在期盼着一个个奇迹的出现，期盼着从那一堆堆坍塌了的废墟中站出更多的活生生的生命来，那样欢喜的笑声会多一些，那样地震后的创伤和后遗症会少一些。但我在感动和揪心的同时，更多的仍是流泪，我的泪似乎流成了河。

我不是学历史的，但我熟悉中国五千年的历史。我们中华民族有着自强不息、英勇顽强、吃苦耐劳的品行，但自古以来，我们这个民族就多灾多难，多少代来一直难能富裕起来。特别是四川人，在祖国的四面八方，只要有人的地方，就有他们的身影，他们勤劳、善良，有智慧，能吃苦，有忍耐力，但他们活得总是那么辛苦、那么艰难，多灾多难的事儿又总是发生在他们身上。所以我哭，我哭苍天不长眼，我哭我们这个民族的灾难何时休?

而且，就在我修改这篇文章的时候，得知国务院发布公告，从5月19日起至5月21日，全国将降半旗致哀。不知为什么，我听了，还是泪眼蒙眬，哽咽不已……

我原本不想写什么的。但一个朋友告诉我，在大灾大难面前，作家不能缺席。我想，也是。尽管自己只是个业余文学创作者，尽管我的力量有限，但我有责任用自己的笔去书写一个人、一个群体乃至一个民族在特殊情况下的心灵感受。这种感受经过沉淀可以升华为一种精神财富，为自

已，也为后人留下应该吸取的经验和教训。

2008年的5月12日啊，我的多灾多难的祖国又有了一个永远让人痛心的日子！我要永远记住这个痛心的日子！

一本久远的书

　　我记得我是在一个阳光灿烂的日子里读到这本书的。

　　那时，我家住在乡下的一个小镇上，不知从何处，又是从谁的手里获得了这本书，反正我拿到这本书后，便爱不释手地捧读起来。

　　在我那个年纪看来，那本书厚厚的，晚上爸爸不让我开灯看那么晚的书，而且那时我家睡的是通铺，几个兄弟睡在一起，该睡的时候就得熄灯，谁也不能影响谁。于是我便在午后的阳光里静静地躲在我家小煤棚后的一棵桃树下有滋有味地读着那本书。

　　那本书似乎并没有紧张或者什么富有悬念的故事情节，它只是叙述了一个渔家姑娘的成长经历，那姑娘的名字叫海霞，自小是个孤儿，是解放军解放海岛以后把她从一个穷苦的人变成了一个女兵连连长。说实话，这部书的人物和故事并没有给我留下多么深刻的印象，但书中所描写的大海和海岛风光带给我美的享受和憧憬，尤其是那海蓝色的封面，几位女民兵剪影似的持枪站立在海岛的礁石上，望着远方一轮冉冉升起的太阳……

　　不光如此，书中还穿插了许多幅插图，每张插图上都有大海的形象，这使我产生了无限的向往。于是在读这本书的时候，我除了看人物和故事以外，就是看作者对大海是怎样描写的。而且我觉得文字所描写的浮现在你脑海中的形象，与呈现在你眼前的图画带给人的感觉是不一样的，前者似乎更生动、更形象，过程更细腻，你的心是随着一个个文字而活动着的，几乎每一个有色彩、有动感的文字，都能带给你一种说不出的快感。

我一行行看下去，太阳不知不觉下山了，光线逐渐暗下来了，那棵小桃树也在一阵阵晚风的吹拂下，发出窸窸窣窣的声音，随之飘来一股股惬意的凉风，我头也不抬，继续看着，以至于妈妈喊了几次要我吃饭，我也不吭声，直到有蚊虫叮咬我，我"啪啪"打个不停的时候，才合上书页回到家中。晚上熄灯之后，我瞪着一双无法入睡的眼睛，脑海里还想着那书中的人物和故事，想象着那文字所描写的大海是怎样的一种景象……

夜里，我失眠了，我的脑海像大海一样波澜起伏。

从那以后，我极爱看书，尤其喜欢看描写大海的书籍。我想，这也许与我生活的环境有关系吧。因为我生活在大漠深处的一块绿洲上，翻过那道山梁，游过那片神奇的湖泊，就是一望无际的大漠戈壁。大海距离我实在是遥远，以至于我很担心，自己这辈子是否真能望见大海。

我期待着，盼望着有一天能看见大海，能到一个小岛上生活些日子。

但我始终没有这样的机会，我只是有那么几次机会看到了大海。大海异常辽阔、平静。看到大海的那一刻，我总是想起我读那本书时的心灵感受，想起书中所描写的人物和故事，但我始终找不到当年读书时的那种喜悦、那种对大海的向往之情。

有一年夏天，我在北戴河偶遇一个北方人，她说她原生活在北方的绿洲里，后来来到了距离南方大陆不远的一座海岛上。我问她习惯吗，她苦涩地摇摇头。我这才注意到，她的脸色依然是北方沙海里的那种，她的眼神似乎恍恍惚惚，游移不定，仿佛依然印着苍茫和无奈。

十多年前我漂泊在渤海之滨的时候，有一年的元旦，是在京唐港度过的，我的一位高中同学在那里工作。

那天，我独自漫步到了海边，发现大海在蓝得那么妩媚、那么动人的同时，依然是那么的苍茫、辽远，那么的寂寞无穷，只在靠岸边的地方，大海才有节奏地发出"哗哗"的声音，有时它可以卷起千堆雪般的海浪扑到你的脚下，有时它就周而复始地重复着它那不知疲倦的声音，像生怕惊醒了谁的好梦似的。我一时觉得大海与戈壁一样单调而乏味。

就在我遗憾地准备转回身的时候，我看到空旷的码头上，有一名穿黄军衣的男子也在看海。我走过去，希望与他对话。当我们面面相觑之后交谈了几句，我知道他来自伏牛山麓，四十多岁，满头的乌发似乎很久没有洗了，被海风一吹，倔强地立着。他说，他是冲着能看到大海才来这里打工的。

"为什么？是因为没有见过大海吗？"

他笑着摇摇头："小时候看过一本描写大海的小人书，于是就向往着大海，想看看大海究竟是什么样的。"

我笑了，心里窃喜着，似乎找到了可以对话的朋友。

"大海是什么样的？与你心中向往的大海一样吗？"

他憨厚地笑笑，眼里闪着一种喜悦的光，忽而又暗淡下来："说不好。"

一句"说不好"似乎映衬着我的心境。我们都长久地沉默，任海风刀刮似的吹着我们的脸颊……

这些年来，我似乎总是忘不了苍茫的海边的这一幕，尤其是他那陈旧的黄军衣、他那憨厚的笑容、他那忽悠一亮又忽悠灭了的眼神。渐渐地，我似乎感觉到，其实大海与我眼中的沙漠没有什么不同。它们都是一样的广袤、辽阔，一样的茫茫无边，一样的让人感到苍凉和无奈。只是航行在大海上，有风高浪险、波涛起伏，一不小心会坠入大海的感觉；而行走在戈壁沙海上，虽然风沙袭人、热浪炙人，但你不时会发现一片一片的胡杨林，你会走入一片一片的绿洲。只要有胡杨林，你就会发现生命的意义和价值；只要有绿洲，你就会享受到纯朴、善良的温情。只是你永远改变不了这片沙漠和戈壁，它永远是那样的辽远而苍茫，静静地在你的脚下沉默。

我于是觉得，大海其实给人更多的是一种浪漫的诗意，但也正是这种

浪漫的诗意使你拥有了一种向往和随之而来的失落和寂寞，犹如人生的航船从浪尖跌入了低谷，即使你遇到并登上了一个又一个绿岛，你的前面依然是苍茫无尽的大海。

那么沙漠呢？沙漠也是一样的。只是它没有大海那样诗意般的蓝色，它实实在在地把苍凉和辽远呈现在你面前，即使你遇到了一片绿洲，或一片让你惊喜的胡杨林，但当你走出这片绿洲或胡杨林的时候，前方依然是茫茫无际的沙海或戈壁。即便如此，你也要踏踏实实地走下去，哪怕永远走不出这种苍茫和辽远。因而我有时想，生命的悲与喜、人类的文明与进步，或许就是在希望和渺茫、憧憬和落寞间产生的。真正的人生或许就是苍凉而寂寞的。因为当你拥有了寂寞和苍凉的感觉的时候，你无疑拥有了大海般的苍茫和辽阔，拥有了戈壁般的苍凉和雄浑。这个时候，你会渐渐地把一种守望变成一种坚忍和顽强；这个时候，你会敬畏苍茫，敬畏寂寞，敬畏苍天。而苍天之下，你的灵魂会因为长风的吹拂而发出古筝弹奏的声音，像独自飞翔的鹰，像沙漠里的一股清泉，像大海上漂着的一叶船帆……

五月的一个下午，不知为什么，忽然想起了这本久远的书，这些年来，我似乎被这本书牵引着跌跌撞撞地走着，走至如今，前面依然是一片茫茫无尽的天涯路……

这本书名叫《海岛女民兵》，作者是军旅作家黎汝清。这本书在那个年代被拍成了一部彩色电影，叫《海霞》。

那一抹灿烂的微笑

我每天下午下班的时候，都要徒步至家。一方面为了锻炼身体，因为从单位至家门的路程有近5公里，这足可以锻炼一下我的脚板了；另一方面在行走的过程中，我可以随意地看一看、听一听，感受一下生活的气息，还可以顺便买些瓜果、蔬菜带回去。

每每这个时候，是我一天之中最为惬意的时光。因为我感受到了那么一种来自底层的浓浓的生活气息。这个气息的一个显著标志就是微笑。这种微笑是随着吆喝声表现出来的，是发自内心的一种自然的微笑，是一种真诚、质朴、憨厚的微笑。我常常就是在这种微笑中看到了生活的美好。尽管这种生活还是那么艰辛，但我感受到了一种力量、一种灿烂的阳光在暖着一种可以实现的希望，使我因久坐办公室而近乎麻木的心灵化为一池春水，静悄悄地哼着小曲儿涌动起来；这种感觉又像是春风迎面拂来，我像小草、小花一样睁开了惺忪的眼睛，欣赏着万紫千红的大地，聆听着来自四面八方的声音。

那天，我快走到家门口的时候，一向站在显眼处那位我很熟悉的卖牛奶的维吾尔族妇女远远地见了，便仰起脸来朝我灿烂地微笑着。那一刻，恰好一抹晚霞温柔地倾洒过来，她略显黝黑的脸上像盛开着一朵可人的鲜花，在一阵阵微风的吹拂下，轻轻摇曳着。

我知道，她是在用微笑询问我：买牛奶吗？我这儿的牛奶给你留着呢！

是的，这些年来，我一向是打她的牛奶的。因为我居住的地方原本是一片上好的农田，每年这里的土地上的庄稼都有好收成。但自从被开发成住宅区，她和许多农民一起失去了土地，搬到城市边缘去了，而且养起了奶牛。

刚开始的时候，她是骑着自行车来卖牛奶的。两个十几公斤的奶桶一边一个地挂着，她费力地骑着。那时节来卖牛奶的有好几位，由于她来得早，态度热情，总是用善意的微笑弥补着语言上的障碍，因而她的牛奶总是卖得很快。渐渐地，她似乎知道我住的地方周围老师居多，许多老师很晚才下班，她就一直等着所有的老师都打上了牛奶后，才数着星星，摸着黑幽幽的夜色往家里走去。

她说：家里有两个孩子，有丈夫和公公、婆婆。

我对她说："让你老公也来嘛。"她笑着用生硬的汉语说："他忙，牛，喂；孩子，管。"

那年的整整一个冬天，我每天早上都是喝着她卖的牛奶去上班的。我过得忙碌而充实。春天来临的时候，我忽然发现她骑了一辆崭新的三轮车，上面装着奶桶，还有许多新鲜的蔬菜，衣物也比先前整洁、干净了一些，有时还穿件新的。常常随她来的还有她的丈夫。她一面忙着打牛奶，一面指使一旁不爱说话的丈夫称菜、卖菜。

我问她："自行车呢？"她笑着说："换了，那个不行。"

"不行就换了大的啊？"她听了便呵呵地笑了起来。

日子一天天地过去，她不仅常换新衣服，而且脸上越发焕发出光彩。有时我看着她早早地骑着车子送两个孩子去上学，孩子也穿着新衣服，兴高采烈。

去年古尔邦节前，她又换成了一辆机动三轮摩托。我问她："那辆三轮车呢？"她还是笑道："啊，那个不行，太慢了。"

现在，她立在一辆三轮摩托车旁，像老熟人、老朋友似的，远远地见了我就微笑，沐浴在一缕绚丽的晚霞中，头顶上的那条鲜红色的头巾被镀上了一圈光晕。这使我感觉到，她那种自然而然的微笑，透露着维吾尔人那特有的质朴和善意、温和与爽朗，让人在这微笑中感受到了生活的温馨和无限美好。是的，生活是需要微笑的，学会微笑，是多么美好的一件事啊！

旁边也有一个卖牛奶的女人，有时候我也买她的牛奶。但这位奶牛场的职工从来不笑，你不买她的，她也无动于衷，有时她远远地看见你来的时候，只把脸和眼睛微微斜一斜。我当时就想，她怎么不笑呢？学会微笑对她该是多么有益处啊！

这个时候，那位维吾尔族年轻妇女的周围又围满了买牛奶的人，她忙得不亦乐乎，脸上始终挂着灿烂而又亲切的微笑。

我径直走过去，打上牛奶，问她："快过年（传统节日肉孜节）了吧？"她笑着说："快了，快了。不过，过去嘛天天盼过年，现在嘛天天在过年。"她的话，引来一片笑声。

我打上牛奶走到我家那高高的楼上，我看到太阳正慢慢往伊犁河的尽头落去，河面上燃烧着一片紫红色的云霞，波光粼粼，河水流动的线条与绚丽多姿的霞光交相辉映。

霞光中，一行大雁排着"人"字形，脖子伸得直直的，扑扇着翅膀，坦然而悠闲地向遥远的天边飞去……

写作使我的生命多了一个世界

　　2005年6月的一天，报社的编辑将一份获奖证书送到我的手里，说我的散文《远逝的牧歌》在2004年全国报纸副刊作品年赛中获了铜奖。当时的我开玩笑地说：是吗？那好啊，以后你们可以多发一些我的作品，获奖多了，我和报纸的知名度都会提高的，而且对你们编辑晋升职称也有好处吧。呵呵，说归说，说完之后，这份获奖证书便不知被我置放于何处了。

　　今天在浏览博客时，我在一个网站上偶然发现由中国散文学会和河北散文学会主办的第三届"西柏坡散文节"的消息。其中我的一篇文章《海边观日出》竟然榜上有名，这让我很感意外。虽说我写文章已有很多年了，但终究是地处边远，对外面的事情知之甚少。早先也看到过许多征文大赛的消息，但商业操作的氛围太浓，因而我从不参加。自从开了博客后，认识了许多真诚的朋友，而且有些朋友是真正懂得散文写作真谛的人。他们与我一样有着这样一个共识：散文写作毕竟是默默无闻的事情，太热衷于外面的热闹，心绪就难以平静下来，不能平静必属于心情浮躁那类，要想把文章写好是很难的；而且我也不才，不靠天赋吃饭，仅靠一点点的勤奋，古话说"勤能补拙"，我是相信这句话的。因而这些年来，我只是默默地写我的文章，只想把我心中想说的话写出来，把我心中想抒发的情感抒发出来，而且传递给读者朋友们的是真情、真意、真心，读者朋友们喜欢、满意，我就知足了。

　　我十分热爱生活，热爱一切善良而真诚的朋友，从某种角度讲，他们才是生活中那些脊梁似的人物，因为他们支撑着这个社会的信念和道德准则，他们是最值得我生活下去并觉得活着是一件很美丽的事情的力量源泉。我也知道生活与创作的关系，这两者的关系处理不好，文章就会产生小气的格调。难以跳出"小我"的圈子难免小气，或有着无病呻吟、孤芳自赏那类毛病。常常关注社会生活，特别是关注社会底层人的生活，关注养育我们这片土地的现状，并把这种关注化作一片情感倾注在字里行间，作品必然大气而厚重，或给人美的熏陶，或给人无边的遐想，或给人深深的思索。我认为后者所表现出的才是真正的人文情怀，是一个文化人的终极关怀所在。就是凭着这样的理解，我在与朋友们交流、学习的过程中，渐渐有了自己的嗜好，或曰"偏爱"也罢，那就是我不大喜欢孤芳自赏、华而不实的文字，好像世人皆浊我独清，好像风花雪月下总有着自己诉说不尽的衷肠。我也不喜欢无病呻吟、凄凄惨惨戚戚之作，好像生活总是对不住自己，自己内心有着无穷尽的冤屈。我喜欢生活气息甚浓的文章，哪怕是文中讲述了几个能让我捧腹大笑的故事，就像《故事会》或《幽默笑话集》里的那类；我也喜欢文辞优美如行云流水的文字，因为我自己的文章就略有这样的味道。但写这类文章，须有真实的情感倾注于笔端，倾泻下来，就像一种天籁在浩瀚无垠的大海上荡漾着。这类文章又像荒漠中的驼铃声，苍凉、寂寞中透着一种希望，使你愉悦地感受到好像有一股山泉在你近乎干涸的心海中潺潺流过。当然有的文章也有一种淡淡的忧郁在其中，如清冷、凄美的月亮孤独地在空旷的宇宙中游弋，它在因为什么而心忧呢？我想，它或忧于一股萧瑟的冷风、一场绵绵的细雨，或忧于一场纷纷扬扬、四处飘落的大雪，或忧于迷失在天地之间，无处置放的灵魂，或忧于我们生活的这片土地是那样的迷茫而辽远，或忧于那些饥寒难耐、无处栖身、在冷风凄雨中瑟瑟发抖的乞丐，或忧于一群群为着生计四处奔波的小小的人物……

　　这种忧郁成篇的文章，几乎字字都灌注了作者的灵魂。有了灵魂，文章就有了质的飞跃。所以我不喜欢没有思想、没有灵魂、没有意境的文字，也不喜欢文辞堆砌得冗长，初写者那样可以，但写了几年就应该以返璞归真、平平淡淡为好。

　　巴金老人曾说，文章本没有什么写作技巧，把心中的话写出来就行（大致是这个意思，原话记不清了）。这句话实际上说的是写作者要先把自己的心灵修饰好，或者说在写作的过程中一定要注意自身思想和品德的修养。写作绝不仅仅是写几个字或写几篇文章的事情，写的同时，这个过程也在考问你的灵魂、你的修养水平，考问你在写的过程中是否走向了歧路。所以大师的话平平常常地说出来，好像一杯清水一样，清澈、透明，一目了然，那是因为他已经返璞归真，在另一个起点上完成了对"人"字意义的书写。所以要在真正的意义上理解大师的那一杯"水"，自己就要饮许许多多的"水"，悟性差一点的，或是个性执拗、自以为是一点的，怕是一辈子也难以理解。

　　所以说，写作实际上是一个人学着做人，学着如何一辈子做一个朴实的人，一个有修养的、心胸宽广的人，一个善良而富有同情心的人的过程。千万不要以为自己已经做好了，这样，实际上你已经往回走了。灵魂需要我们一辈子考问，因此学习和提升修养也是一辈子的事情，绝不能中途停下脚步。假如写着写着，坏脾气依然见长，那只能说明自己的顽劣几乎成了顽疾，更需要下功夫根治才是。因为有修养的人说话、做事总是低调而不张扬的，他也绝不会对什么人、什么事耿耿于怀，近乎悟透了生命的本真意义。生命的意义有时候不仅仅在于做一些什么事情，而在于内心始终在向往着什么。向往什么呢？我认为是向往生活中的一些美好的事情，向往大自然中一种古朴、宁静的美，向往异彩纷呈的心灵世界，向往自己好像永远说不清、道不明的一种月色般朦胧的美在什么地方静候着，即使走向了天堂，也相信那里依然有美的东西在等待着。美使人向往，美使人生充满了期待……

　　写作本身是一件默默无闻的事，谁要想在这方面成名、扬名，那真是太辛苦了，甚或是得不偿失的，须知高处不胜寒啊。我乃愚笨之人，是一个没有什么天赋的人，但我甘愿在这路遥而天凉的大西北踏踏实实的、有所追求地活着，每天愉快的工作，闲暇了，做一些自己喜欢做的事情，我认为就比较幸福了。就这样，这些年来，我自觉不自觉地为自己构筑起了一个世界，一个精神生活异常丰富多彩的世界，一个风景如画、自由如风的世界，我的灵魂在这个世界里怡然自得地飞翔着，祖先创造的辉煌、灿烂的文字在这个世界里被我自由地运用着，我是那么的惬意，那么的自由而骄傲。我似乎真的在与一个个高贵而高尚的智者谈着、说着、笑着，我仿佛通过那一个个文字触摸到了他们那美丽、辽远而又苍凉的灵魂。我好像也看到了未来。未来是什么样子的呢？或许依然是苍凉的，或许依然是宁静的，无论怎样，我都喜欢，因为我现在的生活状态和精神世界就是这样的啊。

　　生命因为苍凉而美丽，生活因为文明而需要宁静。我知道，写作将我自己的生命与以往的那些优秀人物的灵魂连接起来了，写作也许使我的生命得以延长，而我所说的"延长"不仅仅是时间上的，主要指思想上、精神上和灵魂上的。

　　如是，我感到自己的生命里好像又多了一个世界，一个风采怡人的世界。

年底，寄语我的朋友们

将至年底，工作忙碌而心绪依然安详、宁静，一双眼睛好像仍然如年轻时那般，在期盼着纷纷扬扬的雪花飘然而至。这不，今日收到黑龙江《新青年》2008年第11期，有我的文章《岁月记忆中的高考》。我喜欢《新青年》这份杂志，尽管我已人到中年，但我在心理上依然把自己看作一个青年，因而我常常在这份杂志中寻找着我与青年对话、交流的可能。

当我手捧飘着油墨香的杂志，看着恰同学少年激扬文字时期的我和我的同学，不禁感慨万分。三十年前的高考改变了我生命的航向。之后，跌跌撞撞的三十年一晃而过，我已在生命的河流中漂游向了中年的峰顶，最好的年华已流水一般渐渐离我远去，我不知是该喜还是该悲。

现在的我，仿佛站立在一座高高的山梁之上，望着生命的这一头，又望着生命的那一头，心如山野里的哈萨克牧民一样，静静地游牧在天山深处的高山和草原上，看日升月落、雾来云去，听潇潇雨声、风聚雨散，呼吸着蓝天、白云般清新、醉人的空气，也享受着岁月给予我的爱、我的情、我的歌。尽管我的歌喉沙哑而不高亢、响亮，但我喜欢这样灿烂如霞而又散淡的生活。以往的我，见到牧人驱赶着羊群艰辛地行走在茫茫雪原上的时候，鼻子总是发酸，眼中常常溢满了涩涩的泪水，我甚至怀疑自己的先祖就是牧人出身。因而我异常喜欢草原，喜欢草原上的风，喜欢草原上的云，喜欢草原上那深黛色的山林之上的皑皑雪山，喜欢草原上饮酒、骑马的牧人，我把他们当勇士看待，我常常在牧人身上寻找着生命的真谛和生活的意义。我想，牧人的生活是艰辛而忙碌的，牧人的生命又是自由而安详的，牧人远离繁华、嘈杂的闹市，却享受着辽阔和苍茫，辽阔和苍茫也是人生的一种境界啊！牧人的生活是简单而质朴的，牧人远离尔虞我诈的名利场上的乌云翻滚，享受着一种清静和淡然，清静和淡然也是人生的一种境界啊！

其实人的生活到一定的时候就应该呈现出一种简单、一种单纯、一种朴实和安详。所以在旧年将尽、新年即来，我们又要年长一岁的时候，我想说，朋友们，在忙碌的过程中，淡定一点，从容一点，大度一点。有喜，不要那么忘乎所以；有忧，不要那么愁眉不展。一切都会像风一样转瞬即逝，但愿风中飘着的是我们潇洒、坦诚、从容、淡定、美丽、大度的灵魂。我们需要这样的灵魂来承载我们的生命，需要这样的灵魂来帮助我们继续坚定地面对未来的风霜雨雪。因为生活不可能永远风平浪静，没有"大江东去，浪淘尽，千古风流人物"般的体验，生命该是多么苍白而乏味？生活也不可能一帆风顺，太一帆风顺，人生的轨迹就永远是一条笔直的线，回首时，该有多少可供欣赏的风景呢？生活不可能没有挫折和烦恼，挫折和烦恼往往是磨砺人的意志、增长人的才干、锻炼人的智慧和才能的最好媒介。只要我们始终怀有一种宽广从容、大度的心胸，只要我们拥有一种知难而进、越挫越勇的精神，我们就能走过生命的冬季，越过生命中的沟沟坎坎，就像牧羊人那样，驱赶着羊群在不同的季节里，在不同的山梁和草原上放牧着一群永远不变的生命 —— 那些与牧人生命紧密相连的羊群。

羊是牧人的生命，它们自由而散淡，星星点点地散落在碧绿的草原上，仿佛没有什么伟大而崇高的抱负和使命，却恬淡而闲适，轻松自如，只是默默地啃食着茵茵绿草，偶尔会悠闲地卧在那个阴凉的角落里，看山下急匆匆行走的路人，也看头顶上飘浮着的悠悠白云和那一只只展翅高翔的苍鹰。如果说草原是牧人生活的天地，那么羊群便是牧人的生命，也是

牧人的灵魂。这样的灵魂轻盈而单纯、质朴而美丽，没有躁动不安，没有痴心妄想，也没有被名利之心包裹着的晦气和呆相，只有清风明月，只有散淡而自由的遐思……

此刻，我仿佛站在高高的山梁上，遥望着岁月深处的河流浮想联翩、思绪纷纷。我想，尽管逝去的青春年华已不再重现，但我依然质朴无华，依然执着于自己所认定的生命的航向，依然做着自己喜欢做的事情，因而那些给予我爱、给予我情、给予我歌的父母双亲和我的师长，以及我的同学和朋友们，永远像一艘艘美丽而洁白的船帆，在岁月的河流上悠悠荡荡地飘着。他们是给予我生命和灵魂的人，我的生命因为他们而存在，我的灵魂因为他们而坦然、从容。因为我知道，只要岁月的时光依然行进，他们的灵魂就永远像风一样吹拂着我的情感世界。我依偎着他们走过了风风雨雨的岁月，我还将与他们携手度过美好的生命时光。

流年如水，潺潺流淌而远逝，而牧歌依然会在生命的河流上空回响，余音袅袅，不绝于耳……

年底了，诸事繁多，愿朋友们不以物喜，不以己悲。倘若在名利场上翻滚，那一定适时寻找到属于自己心灵的荒村屋舍，以给自己留下一方清静的天地，静静地或听风观雨，或反观自己生命的隧道里是否始终有一缕温暖的阳光照着；倘若在为一种美好的境界而努力跋涉着，那么也可以稍稍歇歇脚，在半山腰上静卧一会，或观云看雾，或遐思悠悠，独享那么一种清静、那么一种单纯、那么一种散淡，任温和而凉爽的清风迎面吹拂。因为生活在这个世界，既要有能力生存得好一些，也要有能力多做一些自己喜欢做的事情。不要一条腿走到底，也不要世人皆浊我独清。生命需要航向，生活需要智慧。航向源于对生命的正确选择，智慧源于对生活的一种执着的热爱。而保证这一切的是我们的身体，是我们良好的心态。

值此，我衷心地祝朋友们身体健康、快乐、幸福、安详。

用智慧获取人生的快乐

前不久，在阅读一个网友的博客时，这位网友引用古希腊哲学家亚里士多德的话说：生命的本质在于追求快乐。并说当你拥有了好心情，就拥有了别人体验不到的靓丽人生。好心情可以使你产生向上的力量，使你精神焕发、生气勃勃，使你化干戈为玉帛，化疾病为健康，帮你获得知识、交结益友、缔造和谐、成就事业。好花要有好心赏，只有你拥有好心情，才会欣赏到别人欣赏不到的人生中的好风景。

这些关于追求快乐的富有诗情画意的情景的描述，着实令人羡慕，并且无可厚非。

但是，这种快乐究竟是怎样来的？如何才能追求到这种美妙的情景呢？难道你说你追求快乐，快乐就会悄然而来吗？快乐的源头究竟在哪里呢？是物质上富有、精神上贫穷那类快乐呢？还是精神上富有、物质上贫穷那类清静、安逸的快乐呢？

我认为，亚里士多德所说的"生命的本质在于追求快乐"本没有错，问题是怎样一个追求法？快乐在怎样的追求中才能获得？什么样的快乐才是人生真正的快乐？我想，这才是我们每一个人所要认真思考的，因为这才是生命问题的本质。

我认为真正的快乐来源于智慧的获得。通俗一点儿说，人在追求智慧的过程中才能真正获得快乐。因为人终究是人，他不同于一般的动物，他是靠大脑的劳动进步的物种，有丰富的精神生活。精神生活是主宰人真正的快乐的最终源泉，而精神生活又与人的智慧性劳动有着密不可分的联系。所以说，人只有靠智慧性的劳动，才会快乐起来、幸福起来。因为这种劳动带有一种前所未有的创造性色彩和深厚的文化底蕴，所以这样的快乐是无与伦比的。

但是需要强调的是，智慧不等于聪明。聪明可以作为产生智慧的良好基础，但不能认为聪明就是智慧。智慧是在长期的苦思冥想和劳动中产生的一种东西，聪明则往往带有一种先天性的敏捷而灵动的悟性。智慧可以使人的生活道路更富逻辑性和传承性，可以使人活着的目标和方向更明确、更清晰，迈出的步伐更坚定、更沉稳。因而，即使受到这样、那样的打击，或遇到这样、那样的挫折，他也都能保持清晰的头脑和坚定不移的意志，哪怕是为了最终的目的暂时地受一些委屈，也是值得的，因为他认定，这对他获得最终的结果具有非同一般的意义。

聪明则往往不具有长远性和可预见性。只是聪明而不拥有智慧之人，其人生的脚步往往带有不确定性和漂移性，得到的结果往往是偶然性的居多。智慧可以使人拥有高贵的灵魂和丰富的心灵世界，聪明则往往只给人带来一种暂时的喜悦，而且缺乏明确的方向和灵魂的牵引。

写到这里，我想起任教时期班里学生所呈现的"前十名现象"。从现在的发展结果来看，前十名的学生都是当年班里学习比较用功、成绩比较好的那类。但在后来的人生中，无论他们上了怎样的大学，学了怎样的专业，他们的工作和生活往往都缺乏智慧性和情趣性，他们大多属于安分守己、平平淡淡、顺顺当当过日子的那类。虽然我们常说"平平淡淡才是真"，但那是基于大彻大悟，并在一个新的、更高的起点上所说的人生境界，绝非平平淡淡、不作为、无境界、无智慧色彩的那类。所以，我当老师的时候，更注重调皮、爱玩、不受拘束的那类学生。因为他们各方面的发展没有成定式，纯粹是顺其自然，因而他们没有负担、不受约束，只要稍稍加以引导或点化，他们便更适应社会的发展和生活节奏的快速变革，其智慧可以不知不觉地在社会生活中得以磨砺和升华。所以，他们在创造了属于自己的财富的同时，也体会到了享用自己的智慧的快乐。

但是，不管是平平淡淡、顺顺利利的人，还是在社会生活中如鱼得水的人，倘若没有灵魂的牵引，其平平淡淡的生活也都会像一杯白开水一样，淡而无味。其所谓的"顺顺利利"也不过是一条直线，人生中没有多少值得留恋或欣赏的风景，其也不过仅仅是一条被人观赏的鱼而已，因为他不能借助灵魂的翅膀使自己在飞翔的过程中观赏到更为广阔的天地，体验到更为美丽的人生。现代诗人卞之琳有一句极富哲理的诗："你站在桥上看风景，看风景的人在楼上看你。"好诗往往是只可意会，不能言传的，但它确实描述了一种人生的境界。我常常就在这样的境界中警示自己：不要太自以为是，也不要太容易满足，"山外有山，楼外有楼；天外有天，人外有人"。经常想一想自己的渺小或不足，就会在不懈的追求中体会到永远存在的快乐和幸福。谁停止了追求的脚步，谁的快乐和幸福也就停止了，即便他说他快乐或幸福，那也不值得羡慕或赞美。因为他已经停止了智慧性的思考，智慧性的东西已经离他远去，他的快乐和幸福不过是建立在低水平的生活层面上，所领悟的人生真谛甚少，所知晓的宇宙万物甚少，所体验、感知的快乐自然也就浅薄而不值得赞赏了。

所以说，智慧可以拯救人的灵魂，可以让人的灵魂像鸟一样自由自在地飞翔。具有一种卓尔不群的智慧的人，物质世界在他眼里仅仅是一种工具和象征，而绝不是追求的最终目的。他不会无所事事地在自我遵循的平平淡淡、顺顺利利中自我沉溺，也不会通过对精神世界的无限制的追求使自己的物质世界一贫如洗。他的目标似乎要承担一种更为广泛的使命，为自己，也为更多的人提供一种活得更有质量的生活艺术。

法国大作家维克多·雨果有一句名言说得好："比海洋更广阔的是天

空，比天空更广阔的是人的灵魂。"灵魂的世界有多高远，人的追求也就应该有多高远。如此，人的智慧才会不停断闪烁着光彩，引领着我们一往无前地追求下去，快乐幸福便会相伴永远。

孤独、寂寞的时候

孤独、寂寞的时候，是很无奈的时候；不然，那就不叫"孤独""寂寞"了。

诗仙李白说：古来圣贤皆寂寞。所谓"圣贤"，我想，或许指的就是灵魂最终能够飘起来的、在天空中自由翱翔的那类人，而且他们大多一生寂寞、孤独。但圣贤终究不是凡人，在我生活的这些年里，我没有遇见过李白、杜甫那样的圣贤，那样的圣贤或许只存在于历史的长河中，存在于我并不丰富的想象世界里。

为什么会有这样的感觉呢？我想，或许是因为那孤独实在是太痛苦、太无奈了。倘若孤独的心灵达到了可以自由自在地与自己、与古人、与圣贤对话的境地，那另当别论。遗憾的是，我们中的大多数不是李白所说的那类人，或者说没有可以做贤人的那种资质和水平，我们只是一介凡人，平凡得像一棵小草，裸露在茫茫荒野上，无人问津。傍晚的时光里，无边无际的云雾随着暮色一起悄然降临，那无声又无味的漫漫长夜就开始了……

这或许就是寂寞。寂寞是一个人的事情，所以寂寞常常与孤独相伴。感触深一点的话，寂寞有时像傍晚的烟云一样，重重包围着你，使你常常处于夕阳西下、雁鸣声声的苍凉境地，前面是茫茫的戈壁也好，是无垠的大海也好，密密的树林也好，你都什么也看不见了，眼前一片迷蒙、一片漆黑。一阵阵清凉的晚风吹来，吹起你的额发，撩起你的衣角，你的眼里

会莫名地涌出涩涩的泪水，想哭，想喊，想奔跑，想对着夜幕诉说你的寂寞、你的衷肠。

遗憾的是，你什么也说不出，哭不能哭，喊不能喊，跑不能跑，说不能说，只有心底莫名的潮水在翻腾，究竟是怎样的潮水？你自己一时也说不清楚。你也许会听到豺狼的嚎叫，假如这个时候的你行走在荒无人烟的茫茫戈壁上；你也许会听到一声声猫头鹰般的刺耳的尖叫，假如这个时候的你在阴风阵阵、荆棘丛生里的森林中；你也许会听到风卷浪涛拍岸的怒吼声，假如这个时候的你恰好在夜色沉沉、乱石穿空的大海边上。

是的，这个时候的你或许会恐惧得心惊肉跳，或许会无奈地在荒原上疯跑，或许会远离大海的岸边，以免大海的浪涛把你席卷而去。当然，如果你因此而痛苦、寂寞、孤独乃至绝望的话，你也许会一时莫名地想不开，跳入那夜色茫茫、阴风怒吼的大海中……

那些年，当我在渤海湾畔独自漂泊的时候，就深深体会到了孤独、寂寞对人的心境的是怎样的一种折磨，而且这种折磨你无法倾诉，只能存留于心底。

是想念家人吗？是的，我很想。我想念母亲，想念家中的妻子和幼小的儿子。

那时母亲已过花甲之年了。那些年里，因父亲突然病逝，十四岁就与父亲风雨同舟的母亲怎么也难以接受，总是流着眼泪想与父亲经历的四十余年的风风雨雨，想四十年前两个人独自离开老家，在这荒凉的大西北拉扯七个孩子的艰辛历程，想父亲说过的一句话：等我死了，不要把我埋在新疆，我是个独子，要回去陪伴自己的父亲的……我就是不忍看母亲那样日夜流泪，才决定独自去内地闯一闯，希望能够闯出一片天地来，好接母亲回去以了却老人家的思乡之苦，并完成父亲的遗愿，以告慰自己的心灵。可是，我最终没有在异乡的土地上生存下去。至于为什么，我说不清楚。

那时妻子一人在家带着孩子。我走了不到半年，岳母就身患重病，卧床不起，妻子和她的姐妹们精心照料数月，岳母还是撒手人寰，被埋葬在西部边城荒凉的小山坡上。而我那时远在渤海湾畔，不能归去，只能长久地凝视着那轮清冷的月亮，一遍遍诉说着衷肠。我知道妻子看不到，我也知道岳母听不到。但我实实在在祈盼着能在那轮明月里看到我的岳母，并且希望她也能够看到我，看到我有一天搀扶着她老人家回到她阔别了四十余年的老家看看。因为岳母是她们家中最小的一个，二十多岁的时候就带着两个孩子出来寻找扛枪解放新疆的岳父，从此一辈子再没有回过老家，她的父亲、母亲是怎样思念她，又是怎样过世的，她一概不知……

那时我的孩子已上小学，得知我去了内地，他知道可以回老家看看，可以坐火车走长长的路了。他盼望着能在火车上看到壮美、秀丽的祖国山河，可以登上长城或天安门城楼看看他心目中期盼已久的首都。虽然他也实现了愿望，但我终究还是带他回到了新疆，回到了这个早在西汉时期就被称为"乌孙"的地方。

那时，我也想念我的朋友们。他们从小与我一起长大，我们有那么多的故事可以一起诉说，可以哈哈大笑着诉说孩童时在大杂院里的趣事，可以深情地回顾草原上的往事。可是现在，唯独我一人在异乡的大地上行走，周围茫茫一片，举目无亲。听到那熟悉而又节奏欢快的音乐，心里就飘来阵阵瓜果的香甜；看到那无垠的绿色草原，心里就生出无限的怀念……

为什么会这样？我想，可能是我太热爱这片神奇的土地了；也可能是我太脆弱，太不够坚强了；也或许是被新疆的文化环境造就了的我已不适应渤海湾畔那海风、海浪的吹打。有时候，孤独还好忍受，家人偶尔会过来，又结识了几个新朋友，孤独不是可以迎刃而解了吗？是的，是这个道理。但我忍受不了的是寂寞。我说的"寂寞"不是那种生活方式上的寂寞，而是心灵上的寂寞。因为，我把最珍贵的东西都遗留在了养育我成长的那片土地上，我的爱、我的情、我的苍凉而又音域宽广的歌声……

那时我唯一能做的就是继续写我写了多年的日记。那些孤独、寂寞的心灵之语，都写在了那几本厚厚的日记本里。日记成了我最真诚的朋友，它帮助我度过了那些寂寞难耐的日子。

渐渐地，我发现孤独并非一无是处，至少是一种清静、一种难得的享受。我在孤独中清晰地听到了自己富有激情的心跳声，我在寂寞中看到了以往的自己究竟是怎样的一种形象，也从此知道了自己今后的路应当怎样一步步向前迈进。特别是近些年来，随着内心世界的逐渐丰富和扩展，我的情感河流开始放纵地奔流，并且人生的感悟常像浪花一样晶莹四射。我想，这或许就是积累所致吧。可见，寂寞和孤独并非永远苦涩，它从另一个方面为自己带来快乐的同时，也给人间和自己的朋友们多少带来一些智慧层面的或美好的东西。所以我想，一切有所追求、有所作为的人，都应该在孤独和寂寞中学会自立和自强，学会如何从孤独和寂寞中获取思想和智慧的力量，让孤独和寂寞成为生命长河中一座闪光的灯塔。

这样说来，寂寞和孤独并不可怕，可怕的是我们在寂寞和孤独中颓丧并沉沦，以致消磨掉我们的意志和追求。所以在孤独、寂寞的时光里，我们要学会坚守，学会在孤独和寂寞中奋然跃起，并且要相信自己、相信未来，相信生活中还会有美好的时光，眼前的生活虽有些孤独、寂寞甚至苦涩，但日后或许会成为最充满阳光的一部分。

孤独让我学会思索，让我收获了智慧；寂寞让我学会忍让，清醒地面对这个世界，清醒地判定自己所处的位置和前行的方向。虽说我只是平平常常的一介凡人，但是夜晚降临后的那支枯瘦的、我生命长河中的美丽的船桨，它使我的生命之船驶向了一条更为宽广而迷人的河流，我在这条河流上吟唱着我的伊犁河、我的《阿瓦古丽》（一首歌唱爱情的伊犁维吾尔族民歌），渐渐地飘向一片令人神往的海域……

神圣的称号

想一想，我从事政协工作已经有十余年了。

十余年前，我正在内地渤海湾一带四处漂泊。虽说很辛苦，常常疲惫不堪，但漂泊的历练让我的筋骨和意志更加坚强而富有耐力，如果能坚持下去，我也许会以另一种形式更加富裕地生活在这个世界上。但，在伊犁河谷长大的我，不知为什么总是那么难以忘怀伊犁河谷的一草一木，我常常在潮起潮落的大海边，在大雁声声鸣叫翩然南归的苍凉暮色里，在无边的青纱帐里吹来萧瑟秋风的时节，望着苍茫无际、波浪涌动的大海，感受着漂泊异地的辛酸和苦涩，感受着无边的寂寞像羽毛一样轻轻梳理着我那敏感而又脆弱的心灵。因而，我几乎是日夜想念着我的伊犁河，想念着伊犁河上漂过的那些木筏，想念那些曾与我朝夕相处、一起在伊宁市的巷子里长大的朋友，想念那些驱赶着羊群一年四季四处转场的哈萨克牧民，无论是在电视和电影里看到他们骑马扬鞭的身影，还是在哪个饭店、酒楼里听到我所熟悉的拉着长调、充满淡淡忧伤的哈萨克族民歌，或是节奏欢快而又悠扬动听的伊犁维吾尔族民歌，我的眼里就噙满了涩涩的泪水……

为什么会这样？我自己一时也说不清，但心灵深处有一个声音时时地在提醒着我：你离不开伊犁，离不开那些曾经养育过你的令人心醉、痴迷的山山水水，你的生命属于川流不息的伊犁河，你的灵魂属于巩乃斯草原上盛开着的一朵朵五颜六色的无名花，你的歌喉属于飘着雪莲花清香的连绵起伏的皑皑天山……

就在这样的怀想中，一些我所熟悉的老领导和朋友知道了我的情思，用热切而充满激情的真挚的声音呼唤着我归来……

于是，我在一个寒冷、萧瑟，启明星依然在闪烁的清晨回到了我日思夜想的伊犁河。而且归来不久，政协就像母亲一样用她那宽阔而又温暖的胸怀，给予了我多方面的照顾。我也以感恩的心怀投入了那时并不为我所熟悉的政协工作。

记得那年夏天，我随着政协组成的调研组赴河谷几个县市调查农牧民负担问题。风尘仆仆的一个月过后，我依据调查所得和政协委员们的意见，撰写了两份调研报告，一篇是关于减轻农牧民负担情况的，一篇是关于扶贫、脱贫情况的。令我想不到的是，这两篇调研报告经政协常委会审议通过后报送到州党委和州政府。党委和政府非常重视，一篇被批转到全州二十四县市贯彻落实报告中提出的意见和建议，一篇报告中提出的十二条意见和建议，有九条被政府采纳，发挥了意想不到的政策效用。

一年后，全州减轻农牧民负担达一千多万元，而且经过多方努力，自治州扶贫、脱贫工作也逐渐步入良性轨道。我自此知道了政协的效用，知道了政协的环境如宽阔、无垠的草原，适合我这个经历颇多又不大愿意受约束的人施展自己的一些特长，我也因此更加坚定地认为，政协是一个可以大有作为的舞台。

归来后次年的一个秋天，我随政协的几位老领导和政协委员赴塔城考察。那是我第一次去遥远的塔额盆地，我看到了那里的山水，以及在那里生活和工作的人们，我因此知道了那里有一位多少年来一直被人们尊敬、怀念的爱国主义者——巴什拜，这位哈萨克族牧民曾经用自己的羊群换回了一架飞机以支援志愿军抗美援朝，他培育的巴什拜羊一直被塔城人视为自己的骄傲。在通往塔城的路上，有一座大桥至今仍叫"巴什拜大桥"，因为那座桥当初是他捐资修建的。特别是当我们了解到裕民精神的具体内容后，都深深为之震撼、为之感动：祖国的边陲有那样好的干部、那样好的群众，在那样艰苦的环境下努力工作着、生活着。归来后，我依据政协领导的思路和政协委员们的意见，执笔写成了关于裕民县扶贫攻坚情况的调研报告并经政协常委会审议通过后，报送有关部门。一年后，自治区水利工作会议在那里召开；又一年后，裕民精神引起更多人的关注，成为全州学习的榜样。

那一年，我还去了阿勒泰，看到了更多的人在那样艰苦的环境下工作和生活的状况。特别是一些政协委员，他们从内地的大城市来到那样艰苦的地区，与少数民族群众同吃同住，一干就是几十年。青春的岁月像风一样渐渐远逝，而被高原的太阳晒得黑里透红的皮肤和那一身装束，不仔细看，你很难相信他们是来自江南水乡的苏州或杭州。在那些日子里，我看到了清澈而荡着碧波的额尔齐斯河，看到了河两岸绵延数十公里的莽莽苍苍的白桦林，那是一片金灿灿的、颜色如火一般的白桦林，我仿佛在白桦林中看到了那些政协委员们的梦想和一腔热血，好像在额尔齐斯河中看到了他们清澈而透明的心灵。那一年，我去了那个曾经被称为"蚊子王国"的布尔津县，看到了阿勒泰草原上那一堆堆用碎石垒起来的像山丘一样高大的坟茔，据说那是成吉思汗的将士们的痕迹。

就是在这样的考察和思考中，我感受到了草原的博大和苍凉，感受到了个人力量就像一滴水，脱离了大江大河，仅是闪烁两下，像萤火虫一样，瞬间便会熄灭，失去自己的生命和价值。而一个人，无论他的能力有多大，也不管他的地位有多高，只有将自己的一切和众多的人黏合在一起，和所生活的山川、树草心心相印、息息相关的时候，他才会感到自己的力量，感到自己生命的价值和意义。因此从阿勒泰归来后，我在散文《阿勒泰草原上的陨石》中记叙了那个让我难忘却又忘记叫什么名字的江苏籍政协委员，我写到了那个哈哈大笑、性格爽朗而又足智多谋的哈萨克族政协主席，我还提到了至今依然让我怀想的阿勒泰地区政协工委原主任沙肯·胡赛因，他是最早在牧区工作并从一名普通的教师成长起来的哈萨克族干部，我从他对草原的热爱和对政协工作执着的精神中，感受到了他的善良和优秀、卓越的能力。

从那以后，我尽可能地像蜜蜂一样，在政协这个大舞台上采摘着能力卓越的政协委员们的智慧，在随政协委员们进行专题调查的过程中，注意把他们的真知灼见吸入我撰写的调研报告中。那些年，我相继写出了关于治理伊宁市"三乱"的调研报告、关于伊犁河流域生态环境的调研报告、关于伊犁投资软环境的调研报告、关于伊犁河谷甜菜种植业的调研报告、关于伊宁市环境情况的调研报告、关于伊犁州职业技术教育情况的调研报告……据说那篇治理"三乱"的报告提出的意见和建议被党委和政府采纳后，伊宁市个体经营市场得到了三个多月的治理，为个体户们减负三千多万元，有效净化了伊宁市的经济和社会发展环境；据说那篇伊犁河生态环境的报告提出的一些意见和建议被采纳后，为一部保护并治理伊犁河流域土地资源开发的地方法规的出台奠定了基础……

岁月的渐渐流逝，让我见证了政协工作在我们生活中越来越重要的作用：它是中国特色社会主义不可替代的一支民主建设的力量；它所反映的社情民意正日益成为党和政府连接各族、各界群众的桥梁和纽带；它依靠人才荟萃而提出的智慧性意见和建议被有效采纳后，我们的生活越来越美好；它依靠的各族、各界德高望重的人士，在维护社会的团结和和谐中起到了积极而有效的作用。

现在，我也由政协机关一名秘书成长为一名州政协委员，彻底融入政协委员这个大家庭中。我更加如饥似渴地采摘、吸纳着他们的智慧，学习着他们的优秀品德，像他们一样通过撰写提案、参加会议、视察调研等活动履行着自己神圣的职责。我知道，我依然很稚嫩，经验依然很贫乏，但我会像大海飞溅起的一朵浪花一样，永远追随着大海的波涛，讴歌时代的潮流；我会像那些老委员们和曾经从事过政协工作的老同志一样，勤于学习，善于思考，发挥长处，有所作为，积极为人民履行职责，不辜负"政协委员"这一神圣的称号。

细君故里话细君

我对扬州心生仰视的情感由来已久……

早年在大学里读书期间，就知道扬州乃是古今多才俊的天下。写出《春江花月夜》的唐人张若虚就是扬州人，我想，他那千古不朽的诗句或许就是站立在古运河边，面对着月色之下的长江写就的："春江潮水连海平，海上明月共潮生。滟滟随波千万里，何处春江无明月。"大诗人李白一生三次游历扬州，其脍炙人口的诗篇曾唤起我对扬州的无限向往："故人西辞黄鹤楼，烟花三月下扬州。孤帆远影碧空尽，惟见长江天际流。"诗人杜牧留下的"青山隐隐水迢迢，秋尽江南草未凋。二十四桥明月夜，玉人何处教吹箫"也使我对扬州充满了神往。还有写出《牡丹亭》的明人汤显祖、写《桃花扇》的孔尚任、写《儒林外史》的吴敬梓、写《红楼梦》的曹雪芹，都同扬州有着密切的联系，都在其作品中绘声绘色地描述过扬州的风土人情。活跃在清代画坛上的"扬州八怪"也是在这里开创了一代画风。如此，现代著名作家在扬州留下笔墨的更是不计其数，比如丰子恺的《扬州梦》，比如黄裳的《三访扬州》，比如郁达夫的《扬州旧梦寄语堂》等。

因而当面对着扬州的时候，我只能沉默不语，也不敢落点滴墨迹。虽是这样，心里仍不免翻滚着海一样的波涛，思绪里常常飘逸着雪花般的羽毛……

我想起了那个名叫细君的姑娘。

这些年来，我不知想她想了多少回。虽然她已经是2000多年前的人物了，但想起她那短暂的一生，就像冰凉的雾水罩在我的心头，让我的心不时生出沧桑不平的潮水：我不明白，为什么在那样久远、四周的一切都很滞后的年代，一个拥有那样众多的男人的朝廷，却把一个柔弱的女子派往那样遥远的地方去呢？据说细君的父亲是因为参与了叛乱，而作为惩罚的措施之一就是在消灭了细君父亲的肉体之后，依然把他的女儿孤身远嫁。唉，一个十八岁女孩的命运怎么就那么苦呢？据说从那以后，中国历史上历朝历代一有内忧外患的时候，就常常拿自己的女人来换取一时的平安，这总让我感到无奈。尽管古今中外，在人类发展的历史长河中，和亲都是屡见不鲜的。

我在西北边陲生活的这些年里，我的脑海中时不时地就闪现出细君的影子，而且我发现，除了《汉书》中记载了细君和她那首流传千古的《悲秋歌》以外，之后的历史书籍中鲜见细君的名字。在她之后的昭君和文成公主，却盛名于史、家喻户晓，史家、诗人、骚客的辞赋不胜枚举。唯独细君公主默默无闻地沉默于西部边陲，世人鲜知。20世纪七八十年代，有一些伊犁史学家注意到了细君，在一些文章、书籍中着重宣传了细君，把她作为证明西北边陲是祖国一部分的证据。历史进入21世纪，江苏援疆干部在伊犁修建了汉家公主纪念馆，并捐资在细君生活过的昭苏大草原上修建了细君的雕像，使得来往于此的游人才渐渐知道2000多年前曾有过的一段悲酸而凄楚的故事。

所以在去扬州的路上，我就想着，我们愧对细君啊！多少年了才记起她。时下扬州城里的人们会记得细君公主吗？会有为细君树碑立传的人吗？

让我意想不到的是，扬州城里还真有记得细君姑娘的人。那天，在参观朱自清旧居时，朋友引荐我认识了该馆的负责人李江华。她是一个温文尔雅的中年女子，听她说话总让我想起一首不知名的诗：

不俗的主人，

从苏东坡的诗中，

借得一点风雅。

这竿竿瘦竹，

就在假山旁，

站成郑板桥的画。

她果然不俗，一会儿就拿出她新出版的三本书送于我：一本是《朱自清与扬州》，一本是《朱自清的故事》，还有一本是《史可法墓记》，这令我喜不自胜，没有想到江南真是多才女，且好客而不吝啬。朱自清和史可法都是我心中久仰的英雄，而且都写得一手好文章。特别是朱自清，他是将现代的汉语写作提高到了一种新境界的文学大师，令人崇仰不已。写一写他们，自然是扬州的作家们义不容辞的责任。但是他们知道细君吗？写过2000多年前那个为保社稷平安并最终使西域归于汉朝版图的细君公主吗？

正要发出这样的疑问的时候，或许主人猜测到了我的心思，从她办公室的抽屉里又拿出她新完成的话剧剧本，得，就是关于细君的。这大大出乎我的意料，我先前以为细君家乡的人早已把她忘却了呢。恍惚间，我好像聆听到戴望舒的雨巷里依然传来丝丝古韵琴声，感受到扬州城里依然荡漾着以往的清风和绿水，飘着青青竹叶的清香……

夜里，我躺卧在一个名叫“翠园”的宾馆房间里，在昏黄的灯下阅读着李江华送我的三本书。我发现，这几本书的文字与作者的情趣一样，透着一种淳朴和智慧，在淡淡地叙述着如烟往事的幻影中，我总是看到那个穿长衫、戴着眼镜的温文尔雅的智者轻轻地向我走来，我感受到了一股书卷气，感受到了一股清新泥土和星星点点的江南雨丝的气息扑面而来。

接着，我又翻开那本写细君故事的剧本《和亲公主》。说实话，我是不大懂得话剧的，但我知道写话剧语言要高度凝练，并且要有激烈而跌宕起伏的剧情。不想，我读至最后，一个才华出众、命运坎坷、美丽、端庄、穿越千年时空的姑娘又栩栩如生地呈现在我的眼前。特别是作者描述当汉武帝传来诏书让她远嫁的时候，细君的那一段唱词，让我不禁泪眼蒙眬："雪纷飞，泪如水，京都路漫漫兮无归期……漫天的大雪啊，愿我死后也裹上这洁白的圣衣。从此后我不再是汉家女，要遵循这乌孙的习俗，再为人妻。雪纷飞，泪随风吹，泪随风吹……"

窗外一阵冷风吹起，引来一阵竹叶摇曳的簌簌声。我起身至窗前掀开窗帘一角，发现夜空里有一弯残月在婆娑的竹影间轻轻摇曳，似含着淡淡的轻愁，洒落些碎银在竹叶间一闪一闪。于是我仿佛回到了2000多年前的那个乌孙：苍茫辽远，牛羊遍地，牧歌声声里却是长久的空荡和寂寞。

那一夜，我依着读后的感想，心里默拟了一首诗：碧绿的草原上流淌着的一条西去的河流。蔚蓝的天空中一朵朵洁白的云絮，载着如烟的乡愁与空空荡荡的往事，轻悠悠地飘荡……如今啊，即使你的灵魂与我相隔那么遥远，我仍然能听到你哀伤的叹息声，你的眼泪依然重重地落在我的心头上，你以青春和生命换来繁盛、平安的国度，你忧伤的歌谣化作一阵阵舒朗的清风，飘在西陲的天空，飘在繁华的扬州城的夜梦里……

恍惚间，我似乎看到了细君公主家乡人的那种大气和无畏。她们看上去单薄、柔弱得像一棵棵细柳，谈吐也是温文尔雅、和声细语，却识大体，一身的侠骨豪气，柔中透刚。于是乎，扬州的诗、扬州的明月、扬州历史长空里的那些风云往事，像雪花一样纷纷注满了我的心语天空。我不禁喟叹：一方水土成就一方人！他们的精气神与历史的文化沉淀有着紧密的联系。细君也许就是扬州城最早的一面鲜亮的旗帜，已长久地飘在扬州人的心头了……

晚风驰荡中的乌鲁木齐

　　回想起来，我是去年6月22日由江苏无锡学习归来踏上这座城市的。那时节的乌鲁木齐繁花似锦，热闹非凡。

　　记得我在2008年的夏天写系列随笔《生命的随想》的时候，写过一篇《感伤的潮水》的文章，随后我又写下了《生命的无奈和悲哀》《天堂的路》等情绪比较低沉的文字，冥冥中的我似乎预感到一种难以言语的令人心痛的感觉。因为我们中的许多人太容易失去对往事的记忆了，因为我们中的许多人总是一股劲儿往一个地方使，忘记了我们的开国领袖说过的一句话了：事物的发展往往总是一种倾向掩盖着另一种倾向。这是一句充满辩证法意味的话语，遗憾的是，现在很少有人真正弄懂了辩证法，假如不懂得，又如何把握得了事物发展的规律呢？

　　今天，当我再次来到乌鲁木齐，当我漫步在繁华的城市街头，晚风阵阵袭来，我的思绪依然如潮水一般翻腾。一位新疆的作家曾经说过这样一句话：历代边疆人承担了太多的不幸，他们的纯朴，他们的苦难，他们的血泪，他们的牺牲，他们的奉献，应该得到共和国的最高礼遇。

　　是的，凡是熟悉新疆历史的人，都知道这一片土地凝聚着我们多少中华儿女的鲜血和生命。细细读一读新疆历史特别是新疆近代史，你会情不自禁地发出这样的感叹：这是我们的祖辈们用鲜血和生命捍卫过的土地啊！我们曾经因为懦弱和昏庸而在这里丢失了大片国土，这是我们的父辈们用眼泪和汗水耕耘过的土地啊！在那个时代，民族间盛开着团结、友爱之花，共同呵护、耕耘着这一片土地。今天，我们正在这片土地上努力收获着比以往岁月里更加丰富的果实，我们决不能让这一切的努力付诸东流，应当倍加吸取深刻教训才是。我们需要的不仅仅是物质上的富有，更是文化建设和精神上的富有。我们应该铭记历史，永记那一代垦荒者。

前些日子，新来的新疆维吾尔自治区党委书记说，不能让"三种人"吃亏：一是不能让1949年解放新疆的那一代人吃亏，二是不能让老兵团人吃亏，三是不能让20世纪五六十年代支援边疆的人吃亏。不知为什么，当我听到这句话时，心头泛酸，泪眼蒙眬。我知道，这句话虽然说得有点晚了，因为他们当中的大多数人已经默默地离开了这个世界，而且绝大多数人晚年仍然被穷困缠绕，处境令人心如刀割。像我写的《伊犁往事》系列中的"白大爷""王德叔叔"等，已永远听不到这样几句温馨的话了，不知道天国里的他们是否听得到。在一次朋友聚会上，我说新书记的这"三个不吃亏"听了让人感动，但总觉得晚了，上一代人，就是那一代垦荒的人，大多已经在贫寒中走了。一位垦荒者的后代说：唉，说了总比不说好，这让我们这一代人听了，心里是个安慰。

现在，我轻松地漫步在乌鲁木齐繁华的街道上，川流不息的人群与我擦肩而过。他们的脚步轻盈而畅快，他们脸上的表情轻松而娴静，只是没有了那种喧哗和吵闹声，没有了那种张扬、率直的笑声，就是一辆辆公交车，也小声鸣着喇叭，安然有序地行驶、停车，人们安然有序地下车、上车。如今的乌鲁木齐人更加安详、更加温馨、更加文明。倒是一个个青春少女彰显着这座城市依然存有的那么一种朝气和活力，夏日的风情在她们身上展现得淋漓尽致，秀美的身姿在夏日的晚风里像给刚刚静下来的街面洒上一种凉爽的清洁剂，荡涤着白日里的炎炎暑气。

一阵阵晚风吹来，那浓密、柔软的长发又从她们那白净、光滑的脖颈上微微飘动起来，给黄昏里的乌鲁木齐平添了一种妩媚、亮丽的风情。那些20世纪五六十年代从四面八方来新疆屯垦、戍边的前辈们——疆一

代、疆二代、疆三代、疆四代……虽说流尽了汗水与心血，他们在这片土地上培育起来的爱情之花，却结出了最为鲜美的果实，也逐渐形成了一种丰厚而诱人的新型文化。许多回到内地的人总是抱怨这也不习惯，那也不习惯，日日夜夜想念着新疆，想念着那一片土地，但又说不上为什么。我想，其实就是一种文化，他们长期生活在新疆，已经不知不觉在自己的血液里注入了只有新疆人才有的那么一种色彩、那么一种习惯、那么一种情趣、那么一种文化，而且这种文化既有中原的地域特色，又有浓浓的新疆特有的风情。因而这种文化是一种融合性的文化，是任何地方都难以寻觅到的那么一种多姿多彩的文化，也是新疆的神奇和魅力所在……

　　我这样想着，心里稍稍有了些欣慰。这个时候，一盏一盏昏黄的灯悄然从一座座楼宇上、一扇扇窗棂里、一丛丛树木中透出来，像天上的星星一样闪着温馨而祥和的光。随之飘来的是各种菜肴和瓜果的香味、欢快而明朗的吆喝声和欢笑声。而街头上卖报纸的小摊贩们开始收拾起摊位，踩着三轮车往家里奔去。三三两两的人悠闲地从这一家商店逛到那一家店铺，在悠扬而动听的歌声里迈着轻盈的碎步，悠闲而自在地走着。

　　清凉的晚风一阵阵吹来，轻柔地抚摸着街道两边郁郁葱葱的树木，使之沙沙作响，也梳理着每一座楼房、每一条街道、每一扇窗子。我想，我梦境中的芳香四溢的鲜花已然重新开放。我惬意而悠然地向远处望去，充满着血色的夕阳渐渐向西沉去，把高高的红山涂抹成了一纸剪影。红山在夕阳的余晖里依然显露着它的安详和沉稳。火热而充满阳光的生活又在这一片土地上拉开了新的序幕，一个充满神奇、活力无限的乌鲁木齐必将大放异彩地呈现在世人面前。

　　我想，真正热爱这片土地的人是不会轻易离开的。因为他们的父母已经把所有的爱和魂灵寄托在了这里，这里一定会更美好！

人的最终情怀在哪里

获悉《伊犁河流域生态环境保护条例》终获新疆维吾尔自治区人大批准，并将于2011年9月1日起正式实施的时候，我的心像穿行在迷雾中的小鸟终于见到了一条清澈的大河那般，悄然欣慰着、愉悦着，并情不自禁地回想起十年前调查伊犁河流域生态环境那些风尘仆仆的难忘的日子来了。十年前，正值西部大开发实施两周年。我们在发展中走了许多弯路，也有很多值得痛定思痛的教训。

那时我所在的单位——伊犁州政协主席会议决定，组织州政协委员调查组就伊犁河流域生态情况进行一次全面的调查。在一个多月的时间里，我们跑遍了伊犁河谷八个县市的山山水水，我惊叹于伊犁河谷的山水风光是那样富饶、美丽，那样迷人心魂，我也惊叹于经过多年的基本上是无保护意识的开发建设，伊犁河流域生态环境总体上呈不断恶化的趋势：森林面积在减少；气候变暖，雪线上升；草场退化严重，湿地大面积绝迹；水土流失加剧，河水泥沙俱下，洪枯起伏加大；河水污染严重，周围环境堪忧；生物多样性遭受破坏……当时参与调研的各县市的林业、水利、环境、国土、畜牧、草原、农业等部门的同志向我们提供了多方面的第一手资料，这使我深深感到，生活在这一片土地上的各族儿女深深爱着美丽的伊犁河谷，他们为生活在这片热土上而感到骄傲，也为这些年来在建设中环保意识滞后所呈现的环境恶化趋势而忧心忡忡。记得当时州林业局的一位即将退休的老领导见我那样醉心于伊犁河谷生态环境的调查与研究，就将他收集并珍藏了多年的伊犁河谷林业方面的资料全部给了我；新源县一位当过十年县长的同志将他珍藏多年的中华人民共和国成立初期至20世纪六七十年代有关巩乃斯河谷山川、草原、森林、湿地的原始资料给了我。我深深感动于他们给予我的信任和期望，在那些日子里，我每日晚上伴着一盏昏黄的灯，整理着考察所得、政协委员们的意见和建议，对比着那些最为原始的资料，寻找着伊犁河流域生态环境最为原始的风貌。我在被我们人类的创业行为震撼的同时，也为这么好的一片土地所遭受的破坏和污染而感到揪心。我撰写了两万余字的《伊犁河流域生态环境调查散记》，并有幸征得当时伊犁日报社主要领导的同意，一篇一篇地陆续发表在《伊犁日报》头版的显著位置上，赢得各方领导的关注，也唤醒了许多群众的环保意识。记得由我撰写的调研报告被报送到伊犁州人大的时候，当时的州人大常委会主任扎汗·俄马尔认为政协的调研报告很有前瞻性，并批示州政府部门采纳政协的建议特别是第一条建议：研究制定《伊犁河流域生态环境保护条例》，用法律的武器保护我们这片美丽而珍贵的山河。

当时看到这样令人欣慰的批示，我的心里长长地舒了一口气，感觉到一个多月的奔波、劳累和所花费的心血没有白费，脚下的步履也似乎轻松、自在了许多。可是接下来的漫长时光里，我依然感受到了环保工作的繁重和道路的曲折，严重污染环境的企业依然被不断引进着，污染和破坏环境的事件照例在不断演绎着，虽然有人大和政协委员的多方面的呼吁，环境保护依然步履维艰。我因此常想着这样一个问题：人的最终情怀在哪里？仅仅是吃饱、喝足并富裕起来吗？人的最终情怀可否有一点高尚的境界呢？是的，应该有的。倘若人的最终情怀没有境界的话，那活着是很平常、很平庸甚或很庸俗的，因为人最终会因为自己没有高尚的境界而使自己的生活变得平庸而乏味，并且必然为此承担精神、文化世界的渺小和卑微，其最后的结果是：一个人、一个地域的一群人的自然想象力的衰退和创新能力的缺失。那些人会像一群蚂蚁一样活着，虽勤奋，但没有目标，虽可能富裕起来，但因为精神世界的苍白而让世人瞧不起。相反，假如一个人境界高尚，其生命的意义必定崇高，生活的方式也自然充满诗意，并从而使整个社会的风气变得健康、和谐、美好。所以我想，人的最终情怀应该落脚在我们赖以生存的环境。这是我们的家园，是我们生命的天堂。谁如果不懂得这一点，谁就有可能无意或有意成为破坏环境的罪魁祸首，成为保护环境的阻力，那个时候，我们只好请这样的人离开这片土地。或者说，对那些有意无意破坏了我们赖以生存的家园、有意无意成了我们保护环境的绊脚石的人，我们有理由说"不"！

伊犁是新疆的一张名片，我们一定要打造好这张名片！伊犁各族群众欢欣鼓舞，而且新来的伊犁哈萨克自治州党委书记鲜明地提出了"大力发展县域经济""各打各的优势"等一系列符合实际的要求，《伊犁河流域生态环境保护条例》破茧而出、呼之即来。我想，盘结在人们心头上多年不散的阴云，一定会随着这部条例的颁布和实施而渐渐消失的。如今的发展是科学发展，绝不是单纯的以牺牲环境为代价的发展。那样的发展不仅不能解决问题，而且适得其反，我们坚决不要！

我还想，伊犁河谷的许许多多的人会与我一样，为这部条例的颁布和实施而欢呼。我也一定与许许多多的伊犁人一样，拿起这个武器，保护并建设好我们这一片神圣而不可多得的土地。

这片土地是我们赖以生存的家园，是我们新疆的一张名片，理应是生活在这片土地上所有人的最终情怀所在！

白杨情结与伊犁文化

一

　　伊犁，自古以来就充满了绿色，很早以来就有了人类文明和生产活动。而伊宁市是伊犁的核心。伊宁市这座城市自它诞生起就被绿树环绕，被清水环绕。这一点，我们可以通过伊犁宾馆院内的参天大树、伊宁市人民公园、现存不多的庭院看出来，可以通过伊宁市周边的农村、田野看出来，我们也可在记忆里找到证据。

　　伊犁的文明与树、与水紧密相连。

　　但是多少年以来，或者说有人类有意识、有组织的文明的活动出现以来，伊犁主要栽种了什么树呢？我认为，是白杨树。伊犁的白杨树有很多种，但聪明的伊犁人发现其他的杨树都不如青白杨。这种树枝叶繁茂，高耸入云，一排排地种植在那儿，就是一道美丽的风景线，不仅可以挡风、遮阳、纳凉，还可以绿化城市，美化街道、庭院。著名作家茅盾先生20世纪40年代在新疆住过一段时间，他发现，无论是在城市的街道和马路两边，还是在乡村的街巷和院落里，以至于在茫茫的戈壁荒滩上，新疆人最喜欢种植的就是白杨树。那时候，新疆是抗日战争的大后方。当茅盾乘坐长途汽车走了一个多月的时间回到内地之后，写了一篇著名的散文《白杨礼赞》。茫茫无际的瀚海和戈壁，使他对白杨树情有独钟，他高度赞美白杨树，称它是团结向上的树，质朴、纯洁的树，坚强不屈的树。它象征着北方质朴的农民，象征着团结、领导全国人民在敌后坚持"抗战"的共产党和其领导下的八路军、新四军。

这是他在那个特定的环境下，运用了象征手法和比喻、拟人等修辞手法给予白杨树特定的含义。但谁又能够说，长期与白杨树相伴、相随的新疆各族人民，他们的性格和情操、他们的胸怀和理想，有哪一点不与白杨树相似呢？或者我们可以这样说，特殊的地理环境和气候使得新疆人特别是伊犁人发现并喜爱上了白杨树，并与之惺惺相惜、休戚与共。我认为，正是这样的惺惺相惜，这样的长期休戚与共、相伴相随，自然而然诞生、繁衍了伊犁文化。因为我相信，岁岁年年，年年岁岁，伊犁人都与白杨树进行着某种有意、无意的，自觉、不自觉的心灵和意识上的沟通，使得白杨树成为伊犁人心灵世界中不可或缺的一道风景，甚或是一种标志物，一种只有伊犁人才具有的精神风貌的象征。我们把这种风景、这种标志物、这种精神风貌看作伊犁文化的实质性的东西，也不为过。而中华人民共和国成立后相当长的一个时期，我们的历届政府又自觉迎合并发展了这种文化，白杨树被种植得越来越多、越来越密、越来越普遍，大街小巷、水渠边、田埂边、居民家的房前房后都是白杨树。可以说，只要是有人群的地方，就有白杨树；没有人群的地方，也有白杨树。用哈萨克语、蒙古语组合的词"乌拉斯台""加哈乌拉斯台"就是"白杨沟""河边的白杨树"的意思。可见白杨树在伊犁河谷境内极为普遍。一棵白杨树站在那里，就是一种象征，就是一道风景，就能多少抵挡一些风沙，也就能产生一个地名。

所以我说，过去相当长的一个时期，伊犁的文化实际上是与白杨树有着相当紧密的联系的，伊犁的文化建设也是随着白杨树遍地的种植与生长而有了白杨树的特点。伊犁人的性格和情操也自然而然带有白杨树的影子，伊犁人与白杨树自觉、不自觉地有了浓浓的情结。所以20世纪五六十年代来过伊犁的作家、艺术家，都极为喜爱伊犁，钟情于伊犁，为

伊犁留下了不少美妙篇章，比如袁鹰的《城在白杨深处》就是上好的文章，还有著名作家王蒙的有关伊犁的系列小说和散文，常常因为白杨树的出现而显示出生动、流畅、大气和高雅来，也使得他笔下的伊宁这座遥远的城市充满了无穷的魅力，令人心生无限向往之情。

我们可以这样说，过去相当长的一个时期，伊犁的文化就是白杨文化，因为它有着浓厚的白杨树的特点和味道。

这种文化的特点有五：一是质朴；二是团结向上，包容性、凝聚力强；三是安静、和谐；四是奉献；五是坚强，从不惧怕困难。

说"质朴"，是说这里的各族群众在性情上一直具有这样一个特点：朴实、善良、直爽、好客、对人真诚，并且乐于助人，同情弱者。如同白杨树一样，普通而又伟岸，随处可见，令人感到自然、亲切而又让人尊敬，需仰视才可见。这一点毋庸多说，凡是外地来伊犁观光、旅游的人，都有这样一种感觉，当然，我说的这种感觉指的是十多年前、二十多前的伊犁。我们从20世纪60年代来过伊犁的著名诗人、作家闻捷、碧野、郭小川、袁鹰、王蒙、汪曾祺等留下的笔墨里，可以感受到这一点。这里恕我不再赘笔。

说"团结向上"，是说这座城市里的人们多少年来或生活在一个胡同巷子里，或生活在一个大杂院里，或一起生活在河坝边上，大家和睦相处，安然无事，并且谁家有困难了，都乐于出手相助，谁家有高兴的事了，也都乐于分享。每天早晨起来做的第一件事，就是洒水清扫院落和巷子，然后一起上班或一起上学。每天归来的时候，也是相互和善地笑着，相互打着招呼，生活虽然有些清贫，但其乐融融，安然而闲适，在一个共同的目标下自觉而又自然地维护着各民族的团结，维护着祖国的统一。白杨树也是这样的，各个枝丫一律整齐地向上生长，紧紧地护卫着树之主干，而且根深叶茂，郁郁葱葱，遮天蔽日，直冲蓝天。

说"和谐"，是说早在这座城市诞生以前的多少年里，就生活着很多文化背景不尽相同的人。他们的文化和习性也相互影响、相互渗透，促进着这片土地上的文明和文化建设事业的发展。从某种程度上讲，伊犁文化又可以说是和谐文化，是各民族文化相互融合、相互发展和促进的文化，这种文化的一个显著特点就是安静、祥和。白杨树不也是这样的吗？它伟岸而又悄然无声地挺立在那里，护卫着比它幼小的树木和花草，和谐地与各种树木一起健康、茁壮地成长。

说"奉献"，是说白杨树浑身上下都是宝。树叶落下来自然会使脚下的土地变得肥沃，过去我们常见有百姓用它来养羊、喂牛。树干、树枝是盖房子上好的材料，伊犁河谷百姓庭院里的葡萄架、衣服架及茅草棚，几乎都是用白杨树木搭就的。可以说，白杨树与伊犁人的生活紧密相连。现在，白杨树在逐渐消失的同时，其树枝、树干，大多用来做一次性筷子和木地板了。

说"坚强，从不怕困难"，是说在艰辛的日子里，这座城市的人民从没有畏惧过困难，从没有向困难低过头。不仅如此，他们还在困难的日子里勒紧自己的裤腰带，把丰收的粮食和膘肥的牛羊送往祖国遭灾受难的地方。我曾经做过地方史资料的编撰工作，亲自翻阅过那些资料，尤其是在20世纪60年代初，伊犁不仅接纳了大批由困难地区来的青壮年，而且把大量的小麦、玉米一车车运往祖国内地最需要的地方。即使是"文化大革命"时期，这座城市相比较而言也没有出现不可控的局面，这里的各族人民更加团结向上。

伊犁的文化为什么会呈现这样奇特而又令人惊喜的现象呢？我们当然可以找出许多种理由，但谁都无可否认，令伊犁人民喜爱的白杨树的性情无疑起着潜移默化的作用。所说的"潜移默化"，是说多少年来，它就像春风、春雨般细腻入微地潜入我们生活的方方面面，渗入我们的血液，成为我们生命的组成部分，使得我们的性格和灵魂有了白杨树一样的淳朴和可爱，有了白杨树一样的紧密团结、坚强不屈的品格，有了白杨树一样的

襟怀和理想。所以说，伊犁人爱树，尤为爱白杨树；伊犁的文化与树有关，尤其与白杨树有关。只不过多少年来我们没有有意识地去注意、挖掘、梳理和保护它罢了。

二

那么，伊犁人为什么这样爱树，尤其是这样热爱白杨树呢？伊犁的文化为什么与树尤其是与白杨树有着这样紧密的联系呢？

我以为除了从自然、地理、气候，以及生产力的方面来讲，伊犁最适合生长、种植白杨树以外，也曾经与相邻的俄罗斯有着密切的联系。20世纪五六十年代的伊宁市巷子里生长着一些高大、粗壮，成排、成行的白杨树，如果那个时候就仔细考察一下的话，它们大多应该是19世纪七八十年代和20世纪初期种植的。因为那个时期伊犁的俄罗斯人很多，最多时可达20多万人。俄罗斯人的文化和生活习性无疑深深影响了生活在这片土地上的人们，尤其是维吾尔族。

俄罗斯人喜欢与树生活在一起。20世纪苏联有个著名的作家叫列昂诺夫，写过一篇著名的长篇小说《俄罗斯森林》。看过这篇小说的人，都为俄罗斯那片神奇的土地上广袤的森林而惊奇、感喟，也为俄罗斯人喜爱树、保护树的意识那样强烈而生钦佩之情。俄罗斯人认为他们是从森林里走出来的，森林与他们的生命和生活息息相关："俄罗斯人坠地伊始，首先看到的就是森林。森林陪伴他走完生命的全部历程。"契诃夫在他的作品《万尼亚舅舅》中也有相关的描述："当我栽下一棵白桦树，然后看着它怎样地慢慢变绿，怎样地在风中摇动，我的心就充满自豪。"无疑，树木和森林也深深影响了俄罗斯人的性格，影响了他们的文化。他们热爱树木，热爱森林，从不乱砍、乱伐一棵树，更不用说污染一片森林、一汪河水了；当然他们还有一往无前的勇气和从不满足于现状的追求，向着树之外的世界、向着地球之外的宇宙天体不断探寻。

俄罗斯文化的这些特点，无疑对伊犁文化产生了巨大的影响，使得伊犁文化有了树的影子、树的氛围。居住在这座城市里的维吾尔人就喜欢种树，只要给他们一个庭院，他们就会在房前房后就会种植上白杨树，拥围着自己的家，他们也会在院落里也会栽种上葡萄、苹果、树木、花草，院落里干干净净、凉爽而湿润，屋檐、房顶上还养有鸽子，不时在蓝天、白云里翱翔，给人以田园般无限美好的诗意遐想。

三

伊犁"白杨之城"的美誉是从什么时候开始消失的呢？

仔细想一想，是随着伊宁市城市建设的推进而逐渐消失的。

起先是20世纪80年代中期，为拓展解放路，第一批高大、粗壮、枝叶茂密的白杨树开始消失；随后是20世纪90年代初期，为拓展阿合买提江路，一批从西部为这座城市抵挡风沙的白杨树又开始消失。当时，这片树木的倒下，让伊犁人心疼，许多怀有白杨情结的文化学者著文呼吁保留下一批白杨树，不要让"白杨之城"的美誉成为过眼烟云。但是随着城市建设的加快，一批批白杨树还是无奈地倒下了，或让位于公路，或让位于水泥建成的楼房。2012年开春，当伊宁市开发区环城路旁最后一批成材的白杨树无奈地倒下的时候，伊宁市大街小巷特别是人员众多的地方再也看不到白杨树了，那夏日里抵挡酷暑，冬日里抵挡风寒的白杨树终于难觅踪影。有许多普通的人心也开始疼了，仿佛丢失了太多关于白杨的一段段美好记忆。仿佛生活中点点滴滴的与白杨相关的联想永远逝去了……

我认为，这种失望和怅惘是一种乡愁的体现，它表明，我们失掉的不仅仅是一批批白杨树，也是一种历史悠久的自然形成的富有生态和谐之美的一种文化，一种使我们伊犁人与自然和谐相处、愉悦而安详的文化。在

建设城市的过程中，白杨文化消失了，我们能够给予这座城市什么文化呢？我们准备给予这座城市什么样的文化，才能保证这座城市的文化既有继承，又有发展和繁荣呢？才能保证这座城市的人们依然像过去那样和谐相处、其乐融融呢？我们清醒地扪心自问一下，我们想过这些问题吗？我想，我们大多数人没有想过，什么是树？树与文化有关联吗？什么是城市，城市的审美感应当怎样独具特色又适合这里的自然气候与人的心理需要？诸如此类的问题，我想许多人，尤其那些主宰这座城市发展的人没有想过。如果想了，那么砍伐白杨树或者种植什么样的树的时候，应该与这个城市的大多数人进行商讨的，因为城市是大家的，种植什么样的树木、建设怎样的一种文化，也需要大家的参与；而且有一点我们应该清楚，文化不是说有就有的，文化的形成是一个漫长而自然的过程。历史上自然形成的文化，如一夜间消失殆尽，是不可能再在一夜里发展起来的，它也需要一个长期的磨合的过程。从这个意义上说，伊犁现代文化的建设任重而道远。

令人欣喜的是，一种绿色，一种满园春色的浓绿色的精神文化也在悄然兴起。人们开始越来越爱护并珍惜树木特别是参天古木来了，开始关注正在消失的潺潺流淌的伊宁的水系，并热爱城市里的一花、一草、一木了；当然也开始关注精神、关注自己的内心世界所渴望的。许多人在一起坐着，不再谈论吃喝与穿戴，不再谈论金钱和权力，而是回首以往的事情，回忆老伊宁的模样，回忆为这座城市的发展做出过贡献的人，他们令我们肃然起敬而当永生。同时也看到年轻的一代又一代伊宁人那自信、奋发的新精神，他们是这座城市的希望，也是这种城市的未来。

水是一座城市的灵魂，树是一座城市的文明和进步的丰碑。如果一座城市有了良好的水系和高大、参天、茂密的树木，那么居住在这座城市的人们是幸运的，因为他们是有灵气之人。如果这两样都没有了，灵性会消失，人不再可爱和被爱，善良的品质和代表文明进步的文化也是难以建立起来的。

伊犁文化与树、与绿色紧密相连。虽说在城市的主干街道，陪伴我们的白杨树消失了，但随之而来的梧桐树、白蜡树等，一棵棵也开始茁壮成长起来，这一点，在伊宁市开发区尤为明显。所以，尽管白杨树和白杨文化的逐渐消失令我长时间沉浸在伤感的河流中而不能自已，但我也希望着，我们能够在继承白杨文化的基础上，建立一种符合城市发展，又适合我们这座城市人之性格、习性的新型文化，一种引领我们共同前行的有着伊犁特点的现代文化。

希望就在前路！

我在政协这些年

　　我刚进入政协工作的时候，一些好心的朋友就告知我：政协是"养老"的单位，是五十多岁的老同志待的地方，你到那里去干什么?! 也有好心的领导曾调我出去，去能够发挥作用的单位去。但我都没有动心，一心一意在政协坚持下来，努力工作着并快乐着。我想，这种快乐、愉悦的感觉如没有亲身经历过，是体会不到的。

　　我想起一些难忘的事情来了。

一

　　还是在2005年，那个时候，我经常在伊宁市的街头或地下通道的入口处，见到一位双目失明的俄罗斯老人，一年四季，老人总是怀抱着一架破旧的手风琴不停地拉着，好奇心使我对他观察了许久。后来我写了两篇散文在《伊犁晚报》上发表，引起不少人的关注。后经我进一步调查了解，老人的经历很坎坷，不是一两篇文章就能说清楚的。而且关键是老人已年近七十，无论刮风下雨、冰天雪地，还是烈日炎炎、酷热难耐，他为着生存和照顾有病而没有工作的女儿，不间断地在通风的地下通道的楼梯口处拉琴，在人来人往的公交车站拉琴。拉了多少年了，没有几个人说得上来，但凡去过伊宁市的人，大多都知道有这样一位双目失明的俄罗斯老人在拉琴卖艺。我想，难道永远这样下去吗？老人的归宿究竟在哪里？文章发表后的四年当中，我和许多好心的朋友四处呼吁解决老人的生存和归宿问题。经过努力，老人和他有病的女儿先后拿到了低保，参加了医保，并得到了更多人的关心和照顾。但是老人迟迟不能和他有病的女儿居住在一起，不能相互照顾，享受不到天下人都能享受到的那种亲情。由于老人的户口刚从农村被迁出不久，还不能享受廉租房的政策。但我总觉得几十年了，老人生活得那样艰难，应该对他有些特殊的政策。尽管我多次呼吁，有关领导也多次明确批示予以解决，但因为种种原因，始终难以见到成效。

没有办法，在2011年2月14日召开的伊犁州政协十一届四次会议上，我第四次就这位老人的问题撰写成提案。不想，引起了媒体的注意，也引起了一些领导的高度重视。如此，提案见报的当天，有关部门就当作特事特办，给老人解决了廉租房问题，使老人和女儿终于有了一个自己的家。当时，许多政协委员知道后，纷纷向这位老人伸出了援助之手：肖尔布拉克酒公司的老总王天兵派人给老人买来了热水器，想着老人一定没有享受过这种现代化的淋浴器；州住建局的党团支部给老人买来了桌椅、柜子、凳子；一位叫苗时平的企业家闻讯后给老人买来了抽油烟机、煤气罐；摄影师曹家福主动打电话给我，说要安排他女儿工作，早一点解除老人的心头之忧，享受到女儿的孝敬。当看到老人和生病的女儿因为这一切而喜笑颜开，我流下了泪水，心里也激动，也难受。激动的是，一件小事引来了这么多好心人的关注，这让我感到了这个社会的温暖，感到了一种从未有过的力量。我相信，我们心底所蕴藏着的无限的善良和友爱的天性，是永远不会被物质欲望消耗殆尽的。

二

2012年7月，我陪三位塔城来的民间歌唱家去察布查尔县做文化交

流。当他们与察布查尔县文工团的演员们交流后，提出要见一见《小白杨》歌曲里的那位妈妈——锡伯族老人富吉梅。

我知道，悠扬而动听的《小白杨》已经唱遍了大江南北，"小白杨"已经成了一种精神，一种激励边防战士固守边防，激励全国人民热爱人民子弟兵，奋发努力建设祖国的力量源泉。而且我也知道这位老妈妈就在我们察布查尔县，也早已有了想拜见一下的心愿。

可是当我们迈进扎库齐牛录乡扎库齐村看望老人家时，谁知，老人于2008年患脑血栓后半身不遂，又患有心脏病、高血压，至今已在那土炕上躺了四年多了。环顾四周，老人窘迫的家境让我们感到难过；老人的身体状况，令我们揪心。

老人居住的依然是20世纪70年代土坯垒筑的低矮、阴暗、潮湿的房屋，屋内陈设十分简单。更为令人难过的是，卧病多年的老人说话已不是很清楚，眼睛浑浊不堪。当时我们几个人都很难过。一阵沉默之后，同来的民间手风琴演奏家、锡伯族汉子沙斯流着眼泪拉响了手风琴，塔城地区民间歌手、锡伯族女子吴艳丽含泪为老人唱着一首首动听、悠扬的歌，希望能给老人以慰藉。可是，她越是唱得动听，我们的泪水就越是如破了堤的河水一样流淌不止。啊，母亲！这就是我们白发苍苍的母亲，这就是当年那个精心种植小白杨的母亲，这就是当年那个鼓励儿子戍边卫国的母亲！

最后，当小吴唱起悠扬、动听的《小白杨》时，老人浑浊的眼睛忽然亮了，一会儿，眼里又溢出了泪花，老人不时用手抹着泪水，微微笑着颔首称赞唱得好。

那天，我们几个人将随身携带的几百元钱捐给老人，但是心里一直隐隐作痛……

2013年2月州政协十二届二次会议期间，我写了一份《关注〈小白杨〉歌曲里的母亲的提案》。提案被伊犁州民政局的领导获悉，即刻安排察布查尔县民政局调查落实。2月20日下午，民政局的领导带着州双拥办和察布查尔县民政局的同志，并邀请我这个政协委员和他们一同去看望、慰问老人。

老人依旧住在那低矮、破旧的房屋里，依旧盘坐在土炕上。床后的一扇窗户是单层玻璃，不时有丝丝缕缕的冷风钻进来，土炕边沿的铁皮炉子稍有余热。面对此情景，一行人心情沉重，那首优美、动听的歌仿佛又在耳畔回响。小白杨啊，你从这里被移出，长在遥远的边防线上，已成参天大树。微风吹着，你绿叶翻动，沙沙作响；雨雪飘落时，你要么更加翠绿，要么身披皑皑白雪，更加从容、昂然向上。那里成了一道美丽的风景，那里教育、培养出了一拨拨热爱祖国母亲的年轻战士。可是，小白杨，你知道吗？培育你成长的妈妈现在却贫病交加、卧床不起……

不久，州县民政局的同志将老人送往自治州相关医院做康复治疗，脑血栓的一些后遗症稍稍缓解了一些。而且从那以后，老人的医疗费用全部免了，老人的脸上多少有了久违的笑容。

但是老人依旧贫穷，院子破破落落，院墙和几间房子已经坍塌，老人几乎没有任何收入。伊犁州政协委员高志刚获知后，愿意出资20多万元为老人盖起崭新的房屋、崭新的院落，并且争取在给老人带来温暖的同时，也让这里成为红色教育基地，让更多的人关注老人的安康，关注察布查尔县锡伯族这个拥有爱国主义传统的英雄民族。

2014年7月15日，老人的院落里响起了噼噼啪啪的鞭炮声，一台大铲车轰隆隆地响着，把老人的院墙和快要倒塌的屋子铲得平平的。几个月后，三间崭新的砖瓦房和高大、整齐的院墙矗立在扎库齐牛录乡扎库齐村，一面鲜艳的五星红旗在形似边防哨所的瞭望塔上高高飘扬，一棵高大、笔直、枝叶茂盛的白杨树与五星红旗高高耸立在蓝天和白云下。

当金秋十月，我们州政协委员一行20人再度前往察布查尔县看望老人时，老人的脸慈祥而和蔼。当有记者问：在您家里盖起一座小炮楼，您

高兴吗？老人说：高兴，愿意！盖在这里，时时刻刻提醒我们不要忘记边防线上的人民解放军，正是因为他们坚守着边防，才有了我们幸福安宁的生活。

老人的话，引起许多政协委员的万分感喟。

三

2013年冬天，在《伊犁日报》工作的好友马康健传给我一张照片，说是巩留县一位乡村小学老师传来的。照片上是一座窄窄的桥梁，仅能过一个人。有几个背着书包的小孩战战兢兢地扶着两边的铁栏杆，小心翼翼地走着。天空中飘着雪花，小孩的手和脸已经冻得通红。由于时间久了，这座桥的中部已经凹陷下去，倘若有一天发生不幸，下面便是宽阔而深深的河流。

我很揪心。我知道，康健的意思是我这个政协委员给呼吁一下，帮忙修建一下这座桥梁，让近500名小学生每天安安全全地上学、放学，这能了却多少家长和老师们每天的担忧啊。

马军是伊犁州政协委员，也是一位出色的企业家，还是自治区人大代表。当我把我所知道的一切告知他时，他毫不犹豫地与我一起乘车前往塔斯托别乡伊力格代村考察。2014年3月的一天，当我们站在那座小桥前，目睹着成群的孩子来到小桥前，排着队，一个个战战兢兢在摇摇晃晃的小桥上走着。破旧的木板已经露出了一些比较宽大的缝隙，稍有不慎，孩子的一条腿或一只脚便有可能踏空而出现危险。马军说：这点小事，不要麻烦政府了，我是从巩留起家走出来的，这座桥我来修。我要在旁边重新建一座新桥，让学生走上放心桥！

于是，马军拿出5万元安排他所属的公司在以后几个月的时间里建起了一座两米宽、笔直而平坦、没有缝隙的钢制桥。同年9月新学期开始的时候，人们发现，破旧的老桥旁边有了一座崭新的桥。一群小学生蜂拥着跑过去，向远方那座被白杨树包围着的学校跑去。

当我们与塔斯托别乡伊力格代牧业小学的校长和老师们见面时，他们也喜笑颜开，纷纷伸出双手握着我们的手：感谢政协，感谢政协委员！由于这座新桥的建立，村民和牧民们把自己应该上学前班的孩子也送来了，我们的学校又增加了学前双语班，现在，附近几个村的能上学的孩子都来上学了，人民政协真是给我们办了一件大好事啊！

校长的话让我的心绪激动难抑，我想，我们仅仅做了一件应该做的事啊！人民政协是什么？是团结、联系广大人民群众的群众组织啊！是党和政府联系群众的桥梁和纽带啊！政协委员是什么？政协委员就是各族、各界人民群众的代表啊！你代表他们，不为他们说话、办事怎么行呢？

是啊，政协永远是联系人民群众的桥梁和纽带。

政协委员永远代表着人民群众，你只有真心实意地为人民群众办实事、建真言、说实话，不辜负人民群众的期望，你才会努力工作并拥有快乐的感觉，才会让那些"养老单位"的言说不攻自破。

我在政协的这些年，努力工作并快乐着，充实地过着每一天。